社科博士论文文库
Social Sciences Doctoral Dissertation Library

Research on
Mao Dun's Translation and
Introduction of
Foreign Literature

茅盾外国文学译介研究

陈竞宇 著

上海社会科学院出版社
SHANGHAI ACADEMY OF SOCIAL SCIENCES PRESS

社科博士论文文库
总　序

　　博士研究生培养是一个人做学问的重要阶段。有着初生牛犊不怕虎的精神和经邦济世雄心的博士研究生,在读博期间倾注大量时间、心血学习,接触了广泛的前沿理论,其殚精竭虑写就的博士论文,经导师悉心指导,并在专家和答辩委员会修改意见下进一步完善,最终以学术性、创新性和规范性成就其学术生涯的首部精品。每一位有志于从事哲学社会科学研究的青年科研人员,都应将其博士学位论文公开出版;有信心将博士论文公开出版,是其今后能做好学问的底气。

　　正因如此,上海社会科学院同其他高校科研机构一样,早在十多年前,就鼓励科研人员出版其博士论文,连续出版了"新进博士文库""博士后文库"等,为学术新人的成长提供了滋养的土壤。基于此,本社拟以文库形式推出全国地方社会科学院及高校社科领域的青年学者的博士论文,这一办法将有助于哲学社会科学领域的优秀成果脱颖而出。根据出版策划方案,本文库收录的作品具有以下三个特点:

　　第一,较高程度掌握学科前沿动态。入选文库的作者以近三年内毕业的博士为主,这些青年学子都接受过严格的学术训练,不仅在概念体系、研究方法和研究框架上具有相当的规范性,而且对研究领域的国内外最新学术成果有较为全面的认知和了解。

　　第二,立足中国实际开展学术研究。这些论文对中国国情有相当程度的把握,立足中国改革开放过程中的重大问题,进行深入理论建构和学术研究。既体现理论创新特色,又提出应用对策建议,彰显了作者扎实的理论功底和把论文写在祖国大地上的信心。对构建中国学术话语体系,增强文化自信和道路自信起到了积极的推进作用。

第三,涵盖社科和人文领域。虽是社科博士论文文库,但也收录了不少人文学科的博士论文。根据策划方案,入选论文类别包括当代马克思主义、经济、社会、政治、法律、历史、哲学、文学、新闻、管理以及跨学科综合等,从文库中得以窥见新时代中国哲学社会科学研究的巨大进步。

这套文库的出版,将为理论界学术新人的成长和向理论界推荐人才提供机会。我们将以此为契机,成立学术委员会,对文库中在学科前沿理论或方法上有创新、研究成果处于国内领先水平、有重要理论意义和现实意义、具有较好的社会效益或应用价值前景的博士论文予以奖励。同时,建设上海社会科学院出版社学者库,不断提升出版物品质。

对文库中属全国优秀博士论文、省部级优秀博士论文、校级优秀博士论文和答辩委员会评定的优秀博士论文及获奖的论文,将通过新媒体和新书发布会等形式,向学术界和社会加大推介力度,扩大学术影响力。

是为序!

上海社会科学院出版社社长、研究员

2024年1月

前　言

茅盾是中国新文学作家中的杰出代表,他的文学之旅始于对外国文学的译介,也发表了众多评论和介绍外国文学的文章,巧妙地将对外国文学作品的反思融入自己的文学创作中,展现了非凡的文学洞察力和宽广的文学视野,实践着他"取精用宏"的文学建设主张。他的外国文学译介工作,是为建设新文学服务的。茅盾的外国文学译介活动鲜明体现了现代以来的中外文学关系和中国文学发展脉络,因此,对他的译介活动进行全面研究具有重要意义。

本书在探讨茅盾的外国文学译介工作时,并未聚集于他具体的翻译策略、风格,或是对原文的忠实程度,以及译作所产生的影响和接受度等微观细节,而是相反地从宏观角度出发,深入剖析茅盾的译介思想,尤其侧重于他的译介动机和选择,将他的翻译工作与他作为新文学建设者、文学刊物主编、文化界领导人的多重身份紧密相连,综合研究他的外国文学译介活动。依照此思路,本书的第一章先大致梳理了茅盾译介外国文学的概况。茅盾的外国文学译介活动涉及面非常广,不仅涉及作品的译介,还包括文艺理论的译介;他的外国文学译介工作与他主编的《小说月报》《文学》和《译文》等刊物有着密切关系,这些刊物是他译介外国文学的主要阵地;他译介的重点是俄苏文学和弱小民族文学;他的外国文学译介活动与社会改造、新文学建设息息相关,他结合自身的翻译实践,提出了有关重译、复译、翻译标准等问题的重要观点。本书深入探讨了茅盾在译介外国文学过程中的主要问题。具体而言,茅盾在提倡外国文学译介时,展现出非常鲜明的流派意识和明确的规划,以流派选择为导向,精心挑选翻译选材。第二章依次梳理他对外国文艺流派——新浪漫主义、自然主义、无产阶级文艺理论和社会主义现实主义的译介。茅盾译介的西方新浪漫主义和法国自然主义文艺流派与日本文坛有着深厚渊源。此外,茅盾在介绍外国文艺理论时不会简单地照搬外国文艺思潮,而是根据他对中国文学发展的判断,对外国文艺理论进行了改造,使之更加符合中国文学的实际需求。在译介途径上,茅盾译介的众多国家的外国文学作品主要是通过英语这一语言作为桥梁展开的,除了直接译介英语文学作品外,其他外国文学的译介均以英语为中介语言。英语中介既助力茅盾扩大世界文学视野,成为其大量译介外国文学的桥梁,也使他的译介带有英语世界的种种印迹,如对象的选择和语言的表达。可以说,英语中介也影响了茅盾译介活动的开展方式及其文化效果,这一部分将在第三章讨论。茅盾译介外国文学的高产时期是他在20世纪主编几本主要刊物的时期。新中国成立后,他没有再从事具体的翻译工作,但是他主编的《人民文学》《译文》为新中国的外国文学译介做出了巨大的贡献,他的译介工作与刊物有密切的关系,所以第四章将茅盾的译介活动与他主编刊物的经历结合起来讨论。茅盾的外国文学译介活动与他提出的"人的文学""民族文学""世界文学"三位一体的文学构想的关系是第五章将要探讨的。在结语部分,笔者再次强调了翻译对茅盾的深远意义及其在新文学建设中不可或缺的价值,同时,笔者也坦诚地指出研究的不足,并对未来相关研究进行了展望。

目 录

绪 论
　　一、茅盾外国文学译介研究的研究历程 …………… 4
　　二、研究的当代意义 ……………………………… 16
　　三、研究的主要方法 ……………………………… 19

第一章 | 茅盾外国文学译介活动概述
　　一、茅盾外国文学译介实践 ……………………… 25
　　二、茅盾外国文学译介思想 ……………………… 35

第二章 | 茅盾对外国文艺理论的接纳与创新
　　一、来自日本的"西方新浪漫主义" ……………… 47
　　二、经由日本中转的法国自然主义 ……………… 56
　　三、无产阶级文学观与英语中介 ………………… 63
　　四、茅盾对社会主义现实主义的倡导 …………… 70

第三章 | 英语转译对茅盾外国文学译介活动的影响
　　一、20世纪二三十年代的转译现象 ……………… 75
　　二、20世纪之初英语国家翻译外国文学情况 …… 78
　　三、英语转译对茅盾译介视野的扩展 …………… 84

四、英语转译与茅盾译介活动的展开方式及其
文化效果 …………………………………………… 88

第四章 | 编辑事业与外国文学译介

一、《小说月报》与外国文学译介 ………………………… 97
二、意识形态影响和审查制度下的《文学》……………… 109
三、第一本翻译专刊《译文》……………………………… 115
四、新中国成立后《人民文学》和《译文》
对外国文学的译介 ………………………………… 121

第五章 | 茅盾对外国文学的译介与其民族文学、
世界文学理念

一、茅盾提出的"人的文学""民族文学"和"世界文学"
三个概念的辩证统一 ……………………………… 129
二、茅盾外国文学译介与其民族文学构想的关系……… 135
三、茅盾外国文学译介实践与世界文学的关系 ………… 143

结　语 ………………………………………………………… 149

附录一　茅盾译文篇目和相关附记 ………………………… 155

附录二　茅盾有关翻译的论述文章 ………………………… 173

绪 论

- 一、茅盾外国文学译介研究的研究历程
- 二、研究的当代意义
- 三、研究的主要方法

绪 论

茅盾(1896—1981),原名沈德鸿,字雁冰,茅盾是他1927年发表第一篇创作小说《幻灭》时首次使用的笔名,也是他开始创作后最常使用且影响力最大的笔名。为了表述方便,本书凡涉及他名字的地方统一使用茅盾一称。茅盾在文学史上以文学家和评论家著称,是中国现当代文学史上最有影响力的作家和文学评论家之一。他一生文学活动丰富,著述颇丰,创作的著名长篇小说《子夜》诞生于1931年至1932年间,这部作品在中国现代文学史上具有里程碑式的意义。20世纪30年代,茅盾成为"左联"领袖,引领中国左翼文坛发展;新中国成立后,他担任文化部部长,成为文艺界的最高领导人,并基于文学的发展提出了切实的意见,这些意见对文艺的进步与繁荣产生了重要的影响。人们提到茅盾,所想到的往往是他在文学创作及发展方面的贡献。然而,茅盾不仅是伟大的作家、评论家,还是杰出的外国文学翻译家、研究家。茅盾以译介外国文学为开端走上文学道路。茅盾的外国文学译介工作始于1917年,远早于他开始文学创作的时间。他以借鉴外国文学、建设新文学为目的,广泛译介外国文学,从1917年开始进行外国文学译介工作直到1949年,在这期间翻译了约30个国家的200余篇文学作品[1],其中涉及广泛的题材和体裁。同时,他还撰写了大量评介外国文学的文章,为国人理解和接受外国文学起到了重要的指导作用。此外,作为文坛领袖和文艺界最高领导人,茅盾积极组织并推动了众多外国文学译介活动,从而促进了外国文学在中国的广泛传播和深度接受。简而言之,茅盾在外国文学译介领域的辛勤工作,极大地丰富了中国新文学建设和发展的外来资源。因此,研究茅盾的外国文学译介活动十分必要。

---

[1] 此数据根据《茅盾译文全集》(2005)统计所得。

迄今为止，绝大多数的茅盾研究都集中在对茅盾的创作和思想的研究上，也有一些研究的重点是茅盾的思想与外国文学的关系。相比之下，将茅盾的外国文学译介活动作为一个专门的课题或者重点的研究并不多。这些为数不多的茅盾外国文学译介研究经历了从早期零星的评述、感性描述和评价再到理性探索分析的阶段，这与茅盾研究整体的由浅入深的大方向是一致的，并呈现越来越深入且多样化的特点。

一、茅盾外国文学译介研究的研究历程

尽管茅盾从译介外国文学开始了他的文学道路，然而，相较于茅盾在文艺理论和文学创作方面所获得的广泛关注和深入研究，国内外对茅盾的外国文学译介活动的关注和研究在规模和时间上都显得相对滞后。茅盾研究开始于20世纪20年代，依据龚景兴编纂的《二十世纪茅盾研究目录汇编》[①]，1924年3月10日发表在《文学周报》上的赵景深撰写的《答雁冰先生》应当是最早对茅盾进行研究的文章。茅盾的文学、文化思想影响重大，在新文学史上有诸多里程碑性的作品，文化界也受到茅盾思想的深远影响，他引领了进步文学事业以及其他多元活动，因此，在茅盾生前身后，都涌现出数以万计的茅盾作品评论、思想研究、生平研究专著和评论文章，这些丰富的研究成果也促进了在中国现代文学史中继鲁迅、郭沫若研究之后，又一个独立的学科分支——茅盾研究的形成与发展。《二十世纪茅盾研究目录汇编》把20世纪的茅盾研究分成家世、生平研究、思想研究、创作研究、翻译研究、编辑研究、笔名研究、书信研究、书法研究等几个主要门类。在此汇编当中，翻译研究汇编仅占三页多，再加上一小部分

---

① 龚景兴：《二十世纪茅盾研究目录汇编》，中国文联出版社2001年版。

绪　论

茅盾思想研究中涉及外国文学和翻译的内容,这部分在这本三百多页的汇编中所占的比例不足为道,足以见得学界对茅盾的翻译研究并不多。在此书的基础上,1932年12月15日景贤刊登在《学风》月刊上的《文凭》是评论茅盾翻译工作最早的文章。《文凭》原著者为苏联作家丹青科(Владимир Иванович Немирович-Данченко),1930年由茅盾翻译成中文,这篇文章讲述了在苏联社会进步的背景下农民阶级出身的安娜追求自由和独立的故事。景贤的这篇文章紧密结合中国妇女运动的现实,介绍了《文凭》的内容并进行评价,但并没有从翻译批评的角度对茅盾的翻译进行评价。不过,从这篇文章可以看出,茅盾的译作在当时就引起了一些反响。之后几年,对茅盾译介活动做出评论的单篇文章不断出现,如雨梅的《读〈战争〉》,李广田的《人民是不朽的》,小萍的《茅盾译的〈团的儿子〉》等。直到新中国成立前,对茅盾外国文学译介活动进行研究和讨论的文章有近20篇,这些文章都是针对茅盾翻译的某一篇文章作出评价或发表感想,并不是系统地研究茅盾外国文学译介活动和思想。

新中国成立后,一批研究茅盾的文章和专著相继涌现,其中就涉及了对茅盾外国文学译介活动的研究。叶子铭的《论茅盾四十年的文学道路》[1]涉及茅盾对外国文学的译介工作,他在这篇文章中指出茅盾早期的翻译活动注重对俄国革命民主主义文学、革命后苏联文学,以及东欧、北欧等被压迫民族文学的译介。这说明,新中国成立后的学者们在研究茅盾的翻译活动时,已经敏锐地觉察到茅盾在翻译选择中所展现出的独特价值倾向。1978年孙中田领衔编写的《茅盾著译年表》[2]问世。尽管此作品不属于研究性质,但也表明国内学者对茅盾的外国文学译介活动的

---

[1] 叶子铭:《论茅盾四十年的文学道路》,上海文艺出版社1959年版。
[2] 孙中田:《茅盾著译年表》,《吉林大学学报》1978年第1—4期。

关注,为后来者提供了宝贵的参考资料。此后,孔海珠①、邱磊②、杨郁③等,研究和探讨了茅盾的翻译观、翻译方法。此外,乐黛云④、黄源⑤、查国华⑥、李岫⑦的研究也涉及茅盾对外国文学的译介。

20世纪80年代,茅盾研究进入繁盛时期。1981年茅盾逝世后,中共中央对茅盾的历史功绩给予了极高的评价,这一举措极大地鼓舞了茅盾研究者的研究积极性。1983年,中国茅盾研究会的成立和《茅盾全集》编委会的组建,标志着全国性茅盾研究社团正式形成,为茅盾研究建立了稳定的机制;随后的1983年、1984年和1986年,连续三届全国性的茅盾研究学术研讨会的召开,更是为茅盾研究开创了新局面。

1983年3月,中国茅盾研究会成立并举行了全国首届茅盾研究学术研讨会。在此次会议上,戈宝权呼吁学界重视对茅盾的外国文学译介活动的研究。叶子铭在此次大会上,也提出了要加强对茅盾外国文学翻译介绍与他的翻译理论的研究,以及加强对茅盾关于外国文艺思潮、流派的评价、茅盾小说与中外小说关系和创新等内容的研究。这些提议极大地鼓励、激发了学术界对茅盾外国文学译介活动的研究。两年后,叶子铭所

---

① 孔海珠:《茅盾的第一篇翻译小说》,《新文学史料》1979年第5期。
② 邱磊:《茅盾与翻译》,《中国青年报》1982年3月28日。
③ 杨郁:《茅盾的翻译观——学习〈茅盾译文选集·序〉》,《中国翻译》1983年第11期。
④ 乐黛云:《茅盾早期思想研究(一九一七——一九二六年)》,《中国现代文学研究丛刊》1979年第1期。
⑤ 黄源:《鲁迅和茅盾在介绍被压迫民族文学上的两次合作》,《世界文学》1981年第4期。
⑥ 查国华:《批判·创造·"为人生"——茅盾早期思想探索之一》,《山东师院学报(哲学社会科学版)》1981年第4期。
⑦ 李岫:《文学巨匠——茅盾的成功之路》(上),《晋阳学刊》1981年第4期。李岫:《文学巨匠——茅盾的成功之路》(下),《晋阳学刊》1981年第6期。

绪　论

撰写的专题论文《茅盾：创造新时代的文学》①面世，该文对茅盾一生学习、研究和借鉴外国文学的历史经验作了全面的总结，可以说是茅盾外国文学译介系统研究的开创性成果。同样，在1983年，茅盾研究会的机关刊物《茅盾研究》创刊，专门刊登有关茅盾作品的研究性文章。茅盾研究学术年会机制的逐步确立和《茅盾研究》的创刊，标志着茅盾研究已经步入一个更加有组织、系统化的道路。此后，研究茅盾翻译活动的文章陆续面世。杨健民的《论茅盾早期的翻译理论》②是最早专门研究茅盾翻译理论的论文，他从茅盾译介外国文学的动因，即主观爱好和时代对译家的客观要求这两个方面归纳茅盾译介外国文学的思想以及茅盾对翻译中的"神韵"和"形貌"的辩证观。1984年，吕荣春（黎舟）③《茅盾的译介外国文学历程》④梳理了茅盾从步入商务印书馆到新中国成立前的外国文学译介活动。值得一提的是，吕荣春毕生致力于茅盾与外国文学关系的研究，他的《茅盾与外国文学关系的研究成果述评》⑤比较全面地论述了学者们对茅盾与外国文学关系的研究。1991年出版的著作《茅盾与外国文学》⑥对茅盾译介外国文学的历程、特色、译介的重点，以及对外国文学的扬弃、外国文学对他创作的影响等都有介绍，但此书的立足点在于茅盾主动自觉地接受和扬弃外国文学，并没有充分考虑到茅盾译介外国文学过程中的被动和局限，对于此方面的研究有待进一步展开。

---

① 叶子铭：《茅盾：创造新时代的文学》，《走向世界文学：中国现代作家与外国文学》，湖南文艺出版社1985年版。
② 杨健民：《论茅盾早期的翻译理论》，《江海学刊》1984年第4期。
③ 吕荣春教授以"黎舟"为笔名出版了一系列中国现代作家与外国文学关系的论著，如《茅盾与外国文学》。
④ 吕荣春：《茅盾的译介外国文学历程》，《齐鲁学刊》1984年第1期。
⑤ 吕荣春：《茅盾与外国文学关系的研究成果述评》，《茅盾研究（第五辑）》，中国茅盾研究会，1988年。
⑥ 吕荣春、阚国虬：《茅盾与外国文学》，厦门大学出版社1991年版。

同一时期,戈宝权的《谈茅盾对世界文学所作出的重大贡献》①一文展示了茅盾的外国文学译介的活动,如介绍外国文艺思潮,引进为人生的文学,翻译介绍外国弱小民族文学以及从事外国文学研究,并指出其对中国新文学的推进作用。

同样在这一时期,茅盾早期对待外国文艺思想的态度得到开掘。尤其是茅盾早期对新浪漫主义和自然主义的提倡,引起这一时期众多研究者的关注。吕荣春在《论茅盾早期提倡新浪漫主义与介绍自然主义》一文中提出,茅盾所提倡的新浪漫主义区别于西方新浪漫主义的特定内涵,指以法国作家罗曼·罗兰为代表的新理想主义,而非西方文学史上的现代派中的印象主义、象征主义和唯美主义。② 这说明了当时的学者已经注意到茅盾在译介外国文艺思潮时已经有意识地对外国文艺思潮进行选择,以适应中国文学发展的需要。杨健民在《论茅盾早期介绍写实主义自然主义问题》一文中提到,茅盾早期介绍写实主义、自然主义文学的本意,即把写实主义和自然主义作为文学进化过程中的一个过程,最终目的是提倡新浪漫主义。③ 尽管对于茅盾译介外国文学思想的研究不断涌现,许多研究者在探讨茅盾所译介的西方文学流派时,往往将这些流派视为西方文学史上既定的史实,却忽视了从源头上深入考察茅盾外国文学思想的来源。同时,他们也未能探究这些外国文学思潮是否在译介过程中发生了变形,茅盾是否加入了自己的独特阐释。

接下来十几年中,学术界涌现了一批对茅盾外国文学译介活动的研

---

① 戈宝权:《谈茅盾对世界文学所作出的重大贡献》,《茅盾研究(第二辑)》,中国茅盾研究会,1984年。
② 吕荣春:《论茅盾早期提倡新浪漫主义与介绍自然主义》,《茅盾研究(第一辑)》,中国茅盾研究会,1983年。
③ 杨健民:《论茅盾早期介绍写实主义自然主义问题》,《茅盾研究(第二辑)》,中国茅盾研究会,1984年。

究,并取得了一系列的新突破和进展。

1988年,第四届茅盾研究学术研讨会旗帜鲜明地以"茅盾与中外文学关系的新研讨"命名,此次会议的名称本身就说明了学术界对茅盾与外国文学关系研究的重视和强调。在此次会议上,翟耀发表了《茅盾与新文学的民族化建设》①一文。此文将茅盾的世界性眼光与其民族新文学观联系起来,点明了茅盾广泛译介外国文学与创造民族化文学之间的关系。尽管文中没有具体提到茅盾的翻译活动,但为茅盾的外国文学译介研究提供了一个很好的突破点,即深入探究茅盾的外国文学译介与民族文学的微妙关系。吕荣春发表了《茅盾与外国文学关系的研究成果述评》一文,该文章重申了戈宝权和叶子铭在首届茅盾研究学术研讨会上对研究茅盾外国文学译介活动的呼吁,并针对研究现状,指出"探讨茅盾与外国文学的关系,资料的收集和整理是一项必不可少的基础工作"②,呼吁学界对已散失的有关茅盾的一手材料进行收集和整理。

1989年,马华在《"世界文学":茅盾早期文艺思想的一个重要表征》中以"世界文学视野"③的概念高度概括了茅盾早期的文艺思想,值得注意的是,这里的"世界文学"是一种能揭示并表现人类某种共性——人性——的文学,而并非现在比较热门的达姆罗什(David Damrosch)所主张的文学在世界范围内的流转和传播。具体而言,它所表现的是人类共同关心的生活,揭示的是人类共同存在的心态与情感,追求的是人类共同憧憬的美好理想,这可以说是茅盾"为人生"文学观的另一种表述。

1991年,纪念茅盾诞生95周年、逝世10周年的"茅盾与中外文

---

① 翟耀:《茅盾与新文学的民族化建设》,《齐鲁学刊》1989年第4期。
② 吕荣春:《茅盾与外国文学关系的研究成果述评》,《茅盾研究(第五辑)》,中国茅盾研究会,1988年。
③ 马华:《"世界文学":茅盾早期文艺思想的一个重要表征》,《湖州师专学报》1989年第3期。

化——茅盾研究国际学术研讨会"(第五届)召开,此次会议的召开亦证明茅盾研究已经成为一个国际性的课题。事实上,在第四、五届茅盾研究国际学术研讨会上,茅盾与外国文学的关系已成为一个独立的议题。在第五届研讨会上,国内外茅盾研究学者分享了各自的茅盾研究学术成果。美国学者陈苏珊(Susan Chen)的文章《翻译家茅盾》,将茅盾视为翻译家进行研究并论述茅盾的翻译与创作的关系。陈苏珊在文中指出:"茅盾的翻译都源于现成的英语译文,尽管这些原作是由超过30个欧洲、亚洲和美洲国家的55位作者所著的。译作的大部分属于弱小民族。"[①]这说明,学术界已经意识到茅盾借助英语"转译"这一"特殊"的翻译方式完成了他的外国文学译介。然而,这样的转译与直接翻译的区别性并未成为一个研究话题。第五届研讨会的会议成果,由研究学者选编成一册《茅盾与中外文化》,共计33万字,收录会议论文26篇。

研究茅盾思想的外国学者中,斯洛伐克著名汉学家马利安·高利克(Marián Gálik)是对茅盾研究最为深刻、成果最丰富的。高利克对茅盾的研究涉及茅盾的文学思想、创作以及与外国文学的关系等多个方面,对茅盾的部分外国作品的翻译也有提及,撰写了《从庄子到列宁:茅盾的思想发展》《在北大研究茅盾》《茅盾先生笔名考》《茅盾传》《茅盾和我》《茅盾短篇小说研究,1928—1937》《茅盾的〈子夜〉:与左拉、托尔斯泰、维特主义和北欧神话的创造性对抗》《中国三十年代暮光照耀下的商人与荡妇》《茅盾:〈虹〉与〈春蚕〉》《茅盾与中国现代文学批评》《茅盾小说中的神话视野》等文章和专著,但其并没有以茅盾的外国文学译介活动为中心展开系统性研究。

从翻译的角度对茅盾进行研究的还有陈福康的《中国译学理论史

---

① [美]陈苏珊:《翻译家茅盾》,《茅盾与中外文化——茅盾研究国际学术讨论会论文集》,1991年。

稿》,其中总结了茅盾的翻译主张、对翻译功用的认识,指出茅盾翻译外国文学是学习、采用外国的文学创作方法,创造自己的新文学;而翻译文学作品与创作文学功用相同,都是"疗救灵魂的贫乏,修补人性的缺陷"[1]。这是对茅盾翻译思想的深度挖掘。

在关于茅盾和外国文学诸关系的研究上,最有特色的是李庶长的《茅盾对外国文学的借鉴与创新》[2]。这一部专著从某种意义填补了茅盾与外国文学关系研究上的空白。作者在开篇就提出,茅盾向西方文学借鉴的经验,主要有"开放的心态与中有所主""在汲取消纳中改造创新"两个大方面,指出茅盾并没有照搬外国文艺理论,而是根据中国的具体国情对外国文学进行改造和创新,此研究涉及了茅盾的创作、翻译和理论等多方面的活动。

这一时期还出现了一部与论述茅盾译介外国文学的贡献的基调稍稍不同的著作,即杨扬的《转折时期的文学思想:茅盾早期文学思想研究》[3]。在分析论述茅盾与外国文学的关系时,杨扬在此书中并没有论述茅盾对外国文学译介的贡献及特点,而是聚焦于探寻茅盾与外国文学关系的生成动因。该研究认为早期茅盾学习外国文学是为了丰富自己的知识,但这并不足以证明他已经形成了系统的外国文学观念。这一时期的研究显著表明,学术界对茅盾与外国文学关系的探讨已经从简单的描述性研究发展成了批判分析式的研究,换言之,研究者不再仅仅局限于探讨茅盾译介了哪些作品,而是进一步探究其译介活动的内在动因,并深入分析茅盾在这个过程中所起的"操纵"作用。

在研究茅盾对外国文学的译介时,另一个不容忽视的话题便是茅盾

---

[1] 陈福康:《中国译学理论史稿》,上海外语教育出版社2000年版。
[2] 李庶长:《茅盾对外国文学的借鉴与创新》,山东大学出版社1993年版。
[3] 杨扬:《转折时期的文学思想:茅盾早期文学思想研究》,华东师范大学出版社1996年版。

的创作如何受到外国文学的影响。这一方面的探究,涉及了早期中外文学关系以及现代文学史。然而,鉴于本书较少涉及具体的中国现代文学的内容,在此便不再展开详细的论述。

自此之后的数年里,对茅盾的外国文学译介的研究似乎再没有新的突破。1996年举行的纪念茅盾诞辰一百周年国际学术研讨会议题中竟没有涉及茅盾的翻译工作。直到1998年,贾植芳发表的《中国新文学作家与外国文学的关系——以茅盾为例》[1]才对茅盾的译介工作做了一个系统性的梳理。文章从茅盾接触外国文学的方式、以苏俄文学和弱小民族文学为翻译重点、主编《小说月报》、对外国文学流派和文学作品的引进,以及创作受外国文学的影响等方面,概括茅盾与外国文学的联系,展现茅盾与外国文学多方面、多角度的互动和密切的关系。

与此同时,随着茅盾研究的范围的扩大,研究的空间也得到拓展。李频关于茅盾编辑成就的研究成果——《编辑家茅盾评传》[2],即研究空间得到拓展的代表性成果。该书将文学家茅盾与他所从事的刊物编辑工作联系在一起,从编辑家的角度研究茅盾。事实上,茅盾所从事的编辑工作(如主编《小说月报》《文学》,编辑《译文》杂志)与茅盾的外国文学译介活动皆具有密切关系。茅盾正是借主编《小说月报》之机走上系统译介外国文学的道路,并践行他译介外国文学、建设新文学的设想;另一方面,借助定期刊物刊登外国文学作品是他在新中国成立前与敌对势力斗争的有力武器,也是新中国成立后他在外国文学译介领域的主要成绩。尽管李频在《编辑家茅盾评传》中论述了茅盾编辑几本刊登外国文学作品的刊物,但是,将茅盾的编辑工作与外国文学译介思想和活动联系起来的研究仍有待进一步开掘。

---

[1] 贾植芳:《中国新文学作家与外国文学的关系——以茅盾为例》,《中国比较文学》1998年第2期。
[2] 李频:《编辑家茅盾评传》,河南大学出版社1995年版。

绪 论

对20世纪的茅盾研究的文献综述可以以《二十世纪茅盾研究史》[①]为结尾。这部系统总结20世纪茅盾研究的著作,虽然提及了对茅盾外国文学译介的研究,但仅仅是稍作提及,这无疑是一个不小的遗憾。同时也说明了对茅盾外国文学译介活动的研究并没有取得足够的成果并引起足够的关注。

进入21世纪,对茅盾的外国文学译介活动的研究不再局限于文学研究界的视野,也吸引了翻译研究界的广泛关注。谢天振主编的《中国现代翻译文学史》[②]在论述国别文学翻译时,展现了茅盾涉及众多国家的数量巨大的文学翻译工作。尽管该书只是做了资料梳理的工作,但是书中提供的茅盾译介外国文学的资料为今后的研究提供了启发和参考。

同年,王友贵所著的《翻译西方与东方:中国六位翻译家》[③]特别将茅盾列为所选取的六位中国重要翻译家之一,对其进行了深入的研究与探讨。这也是迄今为止比较详细、全面的对茅盾翻译活动的考察。在书中,他从茅盾的翻译选材特点、背后的意识形态因素、翻译的得失方面进行论述和分析。同陈苏珊一样,他也提到了茅盾使用英语转译这一话题,并指出,"在大量的非英语作品译成英语的时候,现代中国早期的翻译家们一方面在英语世界里寻找自己喜爱的文学作品时感到便利"[④],但另一方面,"其中的敏感者很难不感觉到一种'强权'法则,即世界政治、经济领域的强权用'暴力'建立起话语霸权"。[⑤]"他们当然知道转译的弊端,可他们信奉的意识形态迫使他们别无选择。"[⑥]此外,"因为他的翻译,所本全部是英译本,这就必然令他的选目受制"[⑦]。然而,王友贵在这里只是作

[①] 钟桂松:《二十世纪茅盾研究史》,浙江人民出版社2001年版。
[②] 谢天振:《中国现代翻译文学史》,上海外语教育出版社2004年版。
[③] 王友贵:《翻译西方与东方:中国六位翻译家》,四川人民出版社2004年版。
[④][⑤][⑥] 同前,第22页。
[⑦] 同前,第240页。

出了一个基本的推断和判断,并未给出具体的转译例子以证实他的观点,也没有对茅盾转译外国文学的线索进行梳理。正如前文所说,早在1996年,杨扬在所著的《转折时期的文学思想:茅盾早期文学思想研究》①中也已把转译视为导致茅盾早期文艺思想局限性的原因之一,但是并未具体说明是如何限制的,原因可能是以上学者的研究背景和视角导致他们不关注转译所引发的具体问题。

继李频出版的《编辑家茅盾评传》②之后,2006年,董丽敏出版了《想象现代性:革新时期的〈小说月报〉研究》③。该书围绕《小说月报》这本现代期刊,探讨了茅盾、郑振铎等人以《小说月报》推进现代性的问题,书中把"翻译现代性"作为现代文学诞生的另类途径。

进入21世纪第二个十年后,陆志国对茅盾译介外国文学的研究颇具规模。陆志国分析了不同时期、不同背景下茅盾对弱小民族文学和苏联文学的译介情况,前后发表了《弱小民族文学的译介和圣化——以五四时期茅盾的翻译选择为例》④《茅盾五四伊始的翻译转向:布迪厄的视角》⑤《从写实主义到新浪漫主义:茅盾的译介话语分析》⑥《审查、场域与译者行为:茅盾30年代的弱小民族文学译介》⑦《茅盾的苏联战争文学译

---

① 杨扬:《转折时期的文学思想:茅盾早期文学思想研究》,华东师范大学出版社1996年版。
② 李频:《编辑家茅盾评传》,河南大学出版社1995年版。
③ 董丽敏:《想象现代性:革新时期的〈小说月报〉研究》,广西师范大学出版社2006年版。
④ 陆志国:《弱小民族文学的译介和圣化——以五四时期茅盾的翻译选择为例》,《外语教学理论与实践》2013年第1期。
⑤ 陆志国:《茅盾五四伊始的翻译转向:布迪厄的视角》,《解放军外国语学院学报》2013年第2期。
⑥ 陆志国:《从写实主义到新浪漫主义:茅盾的译介话语分析》,《洛阳师范学院学报》2013年第10期。
⑦ 陆志国:《审查、场域与译者行为:茅盾30年代的弱小民族文学译介》,《外国语文》2014年第4期。

介——社会学分析与解读》①等文,突出了政治因素对茅盾译介选择的影响。

在茅盾的文学理念研究上,朱德发的《"民族的文学"与"世界的文学":论茅盾现代文学观的前瞻性》②阐释了茅盾的"民族的文学"与"世界的文学"两个概念。事实上,茅盾提出的这两个概念与茅盾的外国文学译介工作有着密切关系,但是朱德发在此文中并没有再具体展开论述。

事实证明,茅盾对外国文学译介做出了巨大的贡献且影响深远。然而,相较于众多的茅盾创作和文艺理论研究,学术界对茅盾外国文学译介工作的研究却显得不够系统和深入,一些重要发现也未能得到应有的重视和关注。

在现有的茅盾外国文学译介研究中,笔者发现了一些可以进一步突破的地方。例如,茅盾早期外国文学译介活动中"世界的文学"理念的形成过程,茅盾的译介活动与《小说月报》《文学》《译文》《人民文学》等刊物的关系等,他在具体译介实践中使用英语"中介"的策略的影响等。此外,茅盾不仅积极发起文学研究会,担任"左联"执行书记以及"文协""作协"主席,还曾任文化部部长,作为当时的文坛领袖之一,这样的身份背景与外国文学译介领域的活动有何关联?这些问题不仅凸显了茅盾译介活动的独特之处,也是在研究茅盾的外国文学译介工作中需要揭示的问题。

另外,学术界对茅盾译介研究的成果多是对茅盾积极正面的评价。随着20世纪80年代以来国家对茅盾历史功绩的肯定,他的文学声望得以提高,学术界对茅盾的成就和贡献的评价似乎也进行了人为的拔高。在这种声音当中,杨扬的专著《转折时期的文学思想:茅盾早期文学思想

---

① 陆志国:《茅盾的苏联战争文学译介——社会学分析与解读》,《天津外国语大学学报》2017年第4期。
② 朱德发:《"民族的文学"与"世界的文学":论茅盾现代文学观的前瞻性》,《吉林大学社会科学学报》2015年第55卷第2期。

研究》从方法论的层面对以往的研究提出疑问。其在书中指出,"在研究茅盾早期文艺思想时,研究者在研究中大量接受以往研究的提问而很少提出自己的研究问题"①,因此"迄今为止的早期茅盾文艺思想研究显然还有许多不足,突出的问题之一,是研究者在确立了新的文学史研究对象的同时,并没有对这一对象进行更广泛、更深入的文学史思考"。②杨扬的专著给了笔者不少的启示。不深入探讨茅盾的观点立论,单从史实的角度出发,而非仅仅依赖茅盾个人的话语,这种研究方法对本研究极具启发意义。遵循这一思路,笔者也发现了几个值得深入探讨的问题。例如,茅盾早年的外国文学观是如何形成的?他对外国文学的评价是否准确而公正?茅盾通过英语国家的译本来转译弱小民族文学作品,这对他的译介工作有何影响?这些问题都需要作进一步探讨。

二、研究的当代意义

尽管学术界对茅盾的外国文学译介工作已有一定的关注,但相较于其创作活动,这种关注显然不够全面。虽然茅盾的译介活动已经引起了学术界的注意,然而对于茅盾的译者身份,学术界并没有给予足够的重视。有鉴于此,本书把研究重点放在茅盾的外国文学译介活动上。生活在东西方文化撞击和交汇的时代,茅盾以研究和译介外国文学开始了他的文学活动,希望凭借文学的力量改造社会。在他从"五四"前后到20世纪80年代去世的漫长的文学生涯中,茅盾始终保持宽广的文学视野,密切关注世界文学潮流,为介绍和传播外国进步文学、建设新文学发挥了重

---

①② 杨扬:《转折时期的文学思想:茅盾早期文学思想研究》,华东师范大学出版社1996年版。

绪　论

大作用。茅盾以译介外国文学为开端走上文学道路,他的外国文学译介活动对他自身文艺观的形成和发展、对他的创作活动、对外国文学在中国的传播和接受乃至对中国新文学的形成和发展皆产生了重大影响。茅盾的外国文学译介活动非常丰富和全面,涵盖了文学思潮的引进、外国文学作品翻译、文论翻译以及评论性文章撰写等多个方面,构成了一个全方位的文学系统。此外,他的译介活动又与他复杂而多样的身份——新文化传播者、重要期刊的主编或参编人员、左翼文坛领袖等息息相关,这些身份背景影响了他的译介决策,也使他的外国文学译介活动更具影响力和感召力,影响了同时代其他人的译介活动,成为当时外国文学译介的风向标。因此,系统性研究茅盾的外国文学译介活动可以说是作家的外国文学翻译活动研究以及中外文学关系研究的重要课题。杨自俭在为《中国翻译简史:"五四"以前部分》①作的序言中提到要开展翻译家专题研究,其中就特别提到了将茅盾作为翻译家进行研究,需要系统性研究茅盾对外国文学的译介,此研究对外国文学在中国的传播与影响研究、对现代文学研究乃至对已成为一个学科的茅盾研究本身都具有重大意义。

　　具体说来,本研究的意义具体体现在以下几方面:外国文学是早期新文学发展的重要来源和借鉴资源,对新文学的生成和发展都起到了重要的作用。茅盾作为文艺理论家,其大力倡导借鉴、翻译外国文学,为新文学发展提供了丰富的外来借鉴资源。此外,茅盾的文学评论家、主编、当代文坛领袖之一以及社会活动家的身份,影响了同时代的文学者,后者在茅盾的鼓励和倡导下也从事了大量的外国文学译介活动,这些活动对新文学的发展起到了重要作用。因此,研究茅盾的外国文学译介活动,将有助于我们进一步认识外国文学在中国现代文学形成过程中所起到的关键作用。

---

① 马祖毅:《中国翻译简史:"五四"以前部分》,中国对外翻译出版公司2004年版。马利安·高利克、张林杰:《自然主义:一个变化的概念》,《鲁东大学学报(哲学社会科学版)》1989年第2期。

本研究对于翻译学具有两重意义。

第一，正如杨自俭所作序言中提到，茅盾是重要的翻译家研究案例。茅盾翻译了200余篇外国作品，涉及诗歌、小说、散文、剧本、文论、政论及科普作品等多种体裁，涉及英国、美国、法国、俄国、波兰、印度、奥地利、西班牙、土耳其、丹麦、挪威、希腊、以色列、阿根廷、芬兰和比利时等近30个国家，译介工作侧重于俄国进步文学和苏联文学，以及中东欧、北欧等被压迫民族的文学。他的译作大多发表在《妇女杂志》《小说月报》《新青年》《文学》《译文》等近20种报纸和杂志上。他的译作选择、翻译风格以及传播和接受模式与当时的出版业生态、意识形态等有密切的关系。茅盾不仅身体力行地从事具体的翻译工作，还先后担任《小说月报》《文学》《译文》等刊物的主编，主编工作对茅盾的翻译思路产生了深远的影响，不仅为他的译介工作搭建了平台，还为他提供了表达与阐发思想的广阔渠道。因此，我们应当将茅盾的主编经历作为一种特殊的翻译现象进行深入考察。除此之外，茅盾根据自己的翻译心得，发表了一系列的翻译批评文章，并提出了"神韵"说，对中国自成体系的翻译理论有独特的贡献。我们研究茅盾的译论，有助于加深对现代翻译批评发展的了解。

第二，本研究涉及的另一个翻译学问题是转译。茅盾对外国文艺理论的接受是通过英语中介完成的，他译介了大量俄苏文学和中、东欧及北欧民族文学作品，而他使用的主要外语是英语，他译介的非英语原作都是通过英语转译的。转译在20世纪初的中国是非常普遍的现象。当时原汁原味的小语种文学作品匮乏，如果想要译介某篇小语种作品，就需要借助中间译本，例如日译本、俄译本、英译本，甚至世界语译本进行翻译，通过"曲线救国"实现对小语种作品的翻译。尽管曾有研究者[1]提到过茅盾通

---

[1] 如杨扬在《转折时期的文学思想：茅盾早期文学思想研究》中，王友贵在《翻译西方与东方：中国六位翻译家》中对此问题都有所研究。

过英语转译外国文学的事实,并且对茅盾通过转译来译介外国文学的方式进行质疑,但是尚未有研究者对茅盾译介外国文学的途径做系统梳理,也没有人研究茅盾所从事的转译活动的具体环节,如他借助的中间语译本是哪本,里面都收录了什么样的文章,是由谁翻译的,翻译质量如何,对茅盾译介活动的展开方式及其文化效果有何影响,等等。再者,即便有学者有心探讨这个问题,也会因为这涉及源语、英语和中文三种语言,以及20世纪初的英文资料,导致研究者苦于语言能力的限制和材料的缺乏,难以深入开展这项研究。笔者在研究期间有幸获得国家留学基金委的资助,赴美国进行为期一年的学术交流和访问,在此期间通过比对追踪到了20世纪初茅盾译介外国文学所参考的英文资料,试图回答以上关于转译带来的问题,并给后来者提供借鉴的资料。本研究以茅盾通过英语转译外国文学为案例,深入探讨了英语中介在20世纪初中外文学交流中的重要作用。通过这一研究,能加深我们对20世纪初的中外文学关系的认识和理解,也意识到转译在这一过程中的重要作用。展望未来,在进行译介研究或者外国文学中译研究时,研究者应该有意识地探寻转译的存在及其影响。事实上,不仅是茅盾,早期新文学者受语言能力和文本的限制,通过日语、德语、英语、世界语等转译外国文学,代表人物除茅盾外还有鲁迅、周作人、巴金等。转译在新文学者的翻译工作中扮演了重要角色,可是学术界对他们翻译活动中转译现象的关注和发掘尚显不足,此课题旨在向学术界解释转译研究存在的巨大空间和可能性。

三、研究的主要方法

茅盾在谈及外国文学译介时,多数情况下采用的是"介绍外国文学"一语。彼时大多数国人不通外语,外国文学只有被翻译成中文才能被中国读者所阅读,作品翻译过来之后,还要进行适当的介绍、导读,才能够达到译者预期的译介效果。在此过程中,介绍者或译者往往加入自己的介绍和评价引导读者的理解和态度。因此,茅盾"介绍"一词的真正所指,包括了翻译、介绍、评价这几部分,这些也是本书的关键词,本书将其统称为"译介"。20世纪80年代初,勒菲弗尔(André Lefevere)提出,外国文学作品主要是以"折射"(refraction)的形式为读者所接受的(1982)。"反映"与"变形"作为"折射"一词所蕴含的深层含义,不仅是译介外国文学的必然产物,而且在茅盾的外国文学译介活动中也有明确的体现。20世纪80年代中期,勒菲弗尔用另一概念"改写"取代了他以前使用的"折射"一词[1],突出了这一过程的主观作用。茅盾在将外国的文学引入国内时,翻译和介绍是他"改写"的重要实现形式,是他实现"借鉴外国文学,建设新文学"目标的两种手段。

在这样的概念界定下,本书重点关注茅盾在特定的历史时期的译介选择、译介目的和译介方式,以及这些活动在新文学建设中的作用或者意义。

本研究的理论依据是多元系统论(Poly-System Theory)。20世纪70年代,以色列文化批评家和翻译理论家埃文·佐哈尔(Itamar Even-Zohar)针对文学研究的发展提出了多元系统论。该理论指出,文学本身是一个多元系统,是各种文学子系统的集合,翻译文学就是其中的一个子系统。在比较稳定的文学系统中,翻译文学一般是属于次级地位,不会参与变革,而且会被一级系统或创作文学所影响,但是,翻译文学在三种情形下会出现繁荣,甚至占据文学多元系统的中心位置:1. 当某种文学系统尚未

---

[1] André Lefevere, *"Why Waste Our Time Rewrite? The Trouble with Interpretation and the Role of Rewriting in An Alternative Paradigm"*, London: Theo Hermans ed., The Manipulation of Literature: Studies In Literary Translation, Croom Helm, 1985, pp.215 – 243.

明确成型,即尚处于"稚嫩"的形成初期阶段;2. 当文学处于"边缘"(在相互联系的各国文学中)或者"弱势"地位,或两种情况兼而有之;3. 当文学中出现了转折点、危机或者文学真空的情况。① 20 世纪初的中国文学系统可以说是以上三种情况兼而有之。首先,中国新文学系统还没有完全成型,处于"稚嫩"阶段;其二,已有的文学模式不再能满足社会发展的需要,旧的文学形式不为人们所接受,相对于当时大量引入的外国文学,处于"边缘""弱势"的地位;其三,当时的中国文学正处于新旧交替、青黄不接之际,即处于文学发展的转折点,存在文学"真空"。因此,文学翻译在这一时期非常活跃,翻译者的重要性得到凸显。当时,职业翻译家尚未出现,一批有社会责任感和文化使命感的文学家从事外国文学的翻译,他们致力于借鉴外国文学,重构本国的文学系统。茅盾便是其中杰出的代表。

在具体的制约因素上,勒菲弗尔指出翻译活动通常受到三个因素的制约,即意识形态、诗学和赞助人。本书在论及茅盾的外国文学译介活动时,也将从这三方面分析。

本研究虽为翻译家研究,但关注点不在译者两种语言间转换的技术问题的研究以及原文、译文对比,即语言层面的研究,而是从宏观视角描述和解释翻译现象。佐哈尔提出的多元系统翻译研究提倡采用动态、开放的系统观念进行翻译研究,研究对象不再局限于一个译本,而是按照某些原则扩大研究范围,研究目标也不在于发掘某个产品的某一个影响因素,而是对影响因素进行整体研究。本研究也拟依此思路进行。具体说来,本研究关注茅盾译介外国文学的动机,他的译介活动与他多样的文化身份的关系以及他的外国文学译介活动展开背景的变化。茅盾译介外国文学的目的是建设新文学,因而对他翻译活动的研究,应有别于对职业翻

---

① Even-Zohar, *Papers in Historical Poetics*, Tel Aviv: University Publishing Projects, 1978.

译家的研究,不过多关注译本批评,而是关注茅盾的译介思想,即他是如何计划借助外国文学译介来建设中国新文学的。在新文学建设者中,茅盾又特别强调文学的社会功能,这一点在他的外国文学译介活动中是如何体现的也是本研究需要关注的。茅盾的译介重点是俄苏文学和弱小民族文学,并且是通过英语转译的,英语转译对他的译介工作有何影响?此外,现代文学与现代文学刊物有密切关系,而茅盾曾分别担任20世纪二三十年代重要刊物《小说月报》《文学》《译文》以及新中国成立后《人民文学》《译文》等刊物的主编和编辑,他的外国文学译介思想如何指导他的编辑活动?这些都是值得考虑的问题。

依照这一思路,拟将本研究分为以下几步进行。

第一章,对茅盾译介外国文学的情况进行梳理,包括他的主要译介活动和译介思想,以及他的翻译的主张,这是理解、研究茅盾外国文学译介活动的基础;第二章,研究茅盾对外国文学思潮——新浪漫主义、自然主义以及无产阶级文学思潮的译介,以及他译介外国文学思潮时的思想变化,具体涉及这些概念的来源,茅盾的理解和阐发,尤其注意日本文坛对茅盾理解这些概念的影响以及茅盾对这些概念的表述;第三章,从茅盾译介外国文学的途径考察英语转译对茅盾译介外国文学工作的影响;第四章,将茅盾的译介工作与商务印书馆、文学研究会、《小说月报》《文学》《译文》《人民文学》等机构和刊物联系起来,从茅盾的文化活动(主要是编辑活动)的角度审视茅盾的文化身份与其译介工作的关系;第五章,通过茅盾的译介活动和译介主张,分析他的译介活动与他提出的文学构想——民族文学和世界文学之间的联系,以及茅盾是如何通过外国文学译介来实现民族文学和世界文学的构想的。结语部分,重申翻译在茅盾译介文学中的价值,同时指出本书研究的不足之处,并对未来的相关研究提出设想。

第一章 茅盾外国文学译介活动概述

- 一、茅盾外国文学译介实践
- 二、茅盾外国文学译介思想

第一章 | 茅盾外国文学译介活动概述

一、茅盾外国文学译介实践

茅盾一生共译介了 30 余个国家的 200 余篇文学作品,并写有大量的评论和介绍外国文学流派、作家和作品的文章。茅盾的外国文学译介活动可以分为启蒙时期(1916—1919)、活跃时期(1919—1937)、战争时期(1937—1949)以及新中国成立后(1949—1981),每个时期各有其特色,以下分别进行论述。

(一) 启蒙时期(1916—1919)

茅盾出生于新旧交替的 1896 年,自幼受家人影响学习西学。1913 年进入北京大学预科班学习英语,1916 年结业后进入上海的商务印书馆工作,不久后开始从事翻译工作。不同于当时的"留洋派",茅盾不是在国外接受外国文学的熏陶,他对外国文学的理解和掌握都是在国内完成的。北京大学三年的预科学习为他打好了译介外国文学的基础,参加工作后商务印书馆的图书馆涵芬楼里丰富的藏书以及他自己购买和订阅的外国文学书籍和刊物构成了他外国文学知识的主要来源。这样一种独特的外国文学接受模式,对茅盾后来从事外国文学的译介工作产生了重要影响。

进入商务印书馆工作的茅盾,与高级编辑孙敏修合作编译了美国作家卡本脱所著的《衣食住》,这本社会常识读物被认为是茅盾最早的翻译作品。随后,他又编译了《狮受蚊欺》《傲狐辱蟹》《学由瓜得》《风雪云》等童话,为《学生杂志》翻译了科幻小说《三百年后孵化之卵》(英国科幻小说家 H. G. 威尔斯著)。这些作品为科幻、科学、寓言类读物,顺应了当时社会对科学的热切追求与崇尚之风。在茅盾刚开始从事翻译工作时,以文言文的形式来翻译外国文学作品仍是主流的翻译范式。在这种范式的

25

影响下,茅盾也采用文言文进行翻译,语言务求风雅而较不注重翻译的准确性。

此时的茅盾,因为工作出色,协助主编朱元善编中学生读物《学生杂志》。20世纪20年代的中国,最具影响力的革命杂志便是《新青年》。同在出版业的茅盾敏锐地捕捉了《新青年》对中国社会各个方面的冲击,因此,他毫不犹豫地利用手头现有的资源和平台,投身于这场革命之中。他先后于1917年和1918年在《学生杂志》上发表了自己的社论文,即议论中国治学思想的《学生与社会》以及议论时政的《一九一八年之学生》。面对中国当时科学类读物的匮乏,翻译成为他填补这一空白的良药。在追求科学的风气下,他与弟弟沈泽民合译的科学小说《两月中之建筑谭》(美国洛赛尔彭特著)、《理工学生在校记》(据茅盾后来说,此文为其弟沈泽民翻译,由他校对)发表在《学生杂志》上。而为了顺应革新思想和自立奋斗精神,茅盾编译的一些表现平民自立自强的传记性文章,如《缝工传》《履人传》也刊登在了1918年的《学生杂志》上。

同样是在《新青年》的影响下,茅盾开始关注萧伯纳,翻译了萧伯纳的剧作《地狱中之对谭》等,并撰写了关于萧伯纳的评介文章《萧伯纳》以及介绍该剧本的《〈地狱中之对谭〉前言》。

总体来看,五四运动以前是茅盾译介活动的启蒙时期。茅盾受《新青年》等刊物的启蒙以及进步思想的影响,后来还主动翻译了一些科学启蒙和思想启蒙类的读物。在这一时期,他的译介作品大多来自英美国家,在翻译策略上则采用译、述结合的办法。

(二)活跃时期(1919—1937)

在1919年《新青年》传播的马克思主义的影响下,茅盾开始关注俄国文学,写下第一篇讨论俄国文学的文章《托尔斯太与今日之俄罗斯》,刊登在当年第六卷第四、五号《学生杂志》上。茅盾在文章标题下还附加了三行提示:"十九世纪末之世界的文学""俄国革命之动力""今后社会之影响",他将文学作为激起社会思潮的"动力"。尽管茅盾在他晚年撰写的回忆录中自谦这种论点的不成熟,但是从这里可以看出他十分看重文学的社会意义。这也拉开了他文学翻译的大幕。茅盾对文学在社会思潮中所扮演的重要角色的深刻认识也决定了他的译介方向。

1919年8月,他在《时事新报》副刊《学灯》上刊登了用白话文翻译的第一篇小说,契诃夫的短篇小说《在家里》(后在汝龙的译本中被译为《在故乡》)。此文讲述了社会改革背景下新旧生活的冲突以及青年人思想的改变。从此刻开始到1937年茅盾翻译美国作家牟伦的批判现实主义小说《菌生在厂房里》,这一时期是茅盾译介外国文学内容最广泛、体裁最多样、方法最丰富的阶段。

茅盾一生共翻译了30余个国家的200余篇文学作品,他每翻译一篇文章,几乎都要写一个"译者记",介绍原作者的生平、代表作、作品的中心思想等并进行评论,这有助于让读者快速了解作品的背景和主旨。他还撰写了总共五卷本的介绍、评论外国文学的文章,而这些工作绝大部分是在这个时期完成的,共涉及英国、美国、法国、俄国、波兰、印度、奥地利、西班牙、土耳其、丹麦、挪威、希腊、以色列、阿根廷、芬兰及比利时等国家的文学,可见茅盾的文学视野之广阔。据李万钧统计,鲁迅一生"共翻译了十五国一百一十人的两百四十四种作品"[①],而茅盾在译介的国家数量上超过了前辈鲁迅。同样以世界文学视野著称的郑振铎主要翻译了俄国、印度、希腊、罗马文学,另有一些美国、德国、丹麦文学等。当时,文学界译介的作品主要来自英、美、法、德、日等国,茅盾则放眼全世界的文

---

① 李万钧:《鲁迅与世界文学》,载俞元桂、黎舟、李万钧编,《鲁迅与中外文学遗产论稿》,海峡文艺出版社1985年版,第196—219页。

学,广泛译介,开阔了国人的文学视野。许多民族的文学作品是由茅盾首译入中国的。例如,茅盾率先将荷兰文学、罗马尼亚文学、拉美文学译介引入中国。20世纪20年代初,茅盾在《小说月报》的"海外文坛消息"栏目先后发表了介绍性短文《阿真廷(Argentine)文的剧本》《阿真廷现代的大诗人》《罗马尼亚短篇小说集》和《荷兰文坛之现状》,介绍这几个国家的文学,并翻译了阿根廷作家梅尔顿思(Federico Mertens)的短篇小说《伧夫》、尼加拉瓜作家达里奥(Rubén Darío)的短篇小说《女王玛勃的面网》,他率先向国人展示了这些国家的文学,开阔了国人的文学眼界。20世纪30年代,茅盾又翻译了荷兰作家包地-巴克尔(Ina Boudier-Bakker)的短篇小说《改变》、罗马尼亚作家萨多维亚努(Michail Sadoveanu)的短篇小说《春》等。

茅盾翻译的30余个国家的约200篇文学作品,大致国别分布和翻译时间如下:

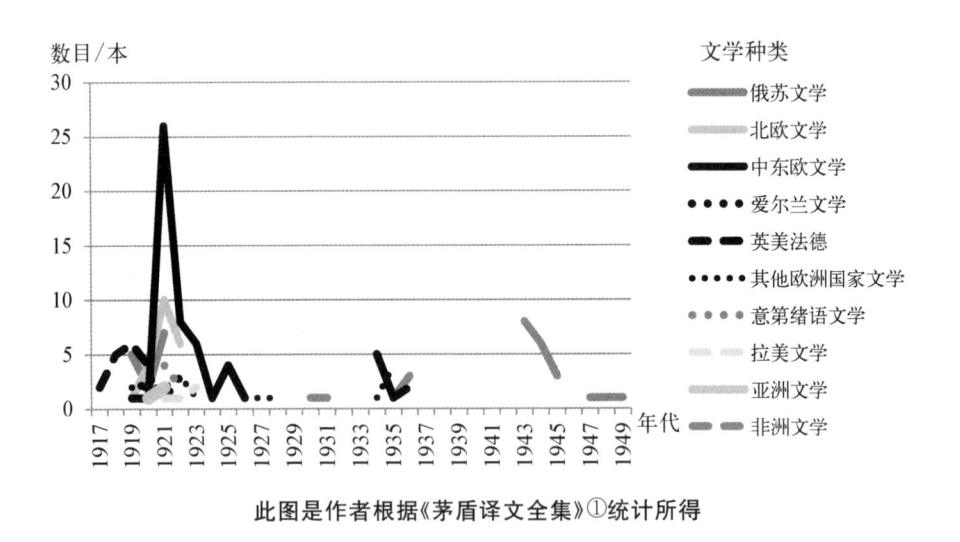

此图是作者根据《茅盾译文全集》①统计所得

---

① 茅盾:《茅盾译文全集》,知识产权出版社2013年版。

第一章 | 茅盾外国文学译介活动概述

从此图可以看出,茅盾译介的外国文学以俄苏文学和中东欧、北欧等国文学为主。在篇幅上,以短篇小说为主。在茅盾的外国文学译介活动中,俄苏文学始终是译介的重点。成长于五四时期的茅盾,受《新青年》和五四运动的影响,关注俄国文学,尤其重视俄国文学对其社会变革的推动作用。因此,俄国现实主义文学和革命后的苏联文学成为他译介的重点。仅在 1919 年,他就撰写了《托尔斯太与今日之俄罗斯》《文学家的托尔斯太》等文章,翻译了契诃夫的《在家里》《卖诽谤的》(今通译《诽谤者》)《方卡》(今通译《万卡》)以及萨尔蒂柯夫(Михаил Евгра-Фович Салтыков)的《一个农夫养两个官》、高尔基的《情人》等短篇小说。1921 年在担任《小说月报》的主编时期,茅盾还在其刊上发行了"俄国文学研究专号"的介绍,宣传俄国文学,比较全面地介绍了俄国文学的发展情况。这期专号共刊登了 24 篇有关俄国文学研究的译著和 29 篇翻译作品,茅盾还为该专号撰写《俄国文学家三十人合传》,介绍了从莱蒙托夫到伊万诺夫共 30 位俄国作家。

高尔基在 20 世纪 20 年代左右并不是中国文化界的关注热点,其著作是到 20 世纪 30 年代才被作为无产阶级代表作品大力译介。但是茅盾在 1919 年就关注到了他,翻译了他的短篇小说《情人》。在译文前言中,茅盾指出高尔基对下层社会生活描写的独到之处,称他的作品是"真从社会下层喊出来的血泪声"以及具有"写实"的特性,他指出高尔基的文学作品对俄国革命具有推动作用。1921 年,茅盾又翻译了高尔基的短篇小说《大仇人》(1923 年重译为《巨敌》)。此外还在"海外文坛消息"栏目刊登了《俄文豪高尔基被逐的消息》《高尔基被逐的消息不确》等简讯。茅盾早期对高尔基的译介,可视为茅盾对高尔基无产阶级文学和现实主义写作手法关注的起点,这一时间节点早于文学界普遍在 20 世纪 30 年代才开始的对高尔基无产阶级文学的关注,这充分展现了茅盾在文学领域的独特眼光和前瞻性思考。

茅盾译介的另一个重点是中东欧和北欧（包括瑞典、挪威、芬兰、丹麦、冰岛五国）等小国文学。当时，中东欧等小国如波兰等正饱受被入侵之苦。中国对中东欧文学的关注和译介是随着民族危亡和民族觉醒展开的。从1921年开始，茅盾逐步增加对这些国家文学的关注和译介。在1921年6月发刊的《小说月报》的第12卷第6号中发表的《最后一页》①中，茅盾写道："本刊从第7期起欲特别注意于被屈辱民族的新兴文学和小民族的文学；每期至少有新犹太、波兰、爱尔兰、捷克斯拉夫等民族的文学译作一篇，还拟多介绍他们的文学史实"。自《小说月报》第12卷第7号后，弱小民族文学的比重逐渐增加。这一期上发表了蒋百里译的《鹫巢》、茅盾译的《禁食节》等5篇弱小民族文学的译文，以及李汉俊（厂晶）写的《犹太文学与宾斯奇》等论文。1921年10月，茅盾还特地刊发了《小说月报》的"被损害民族的文学号"，大力介绍弱小民族文学，登载了12个弱小民族国家和地区的21篇作品的译文、8篇译介文章。1921年，茅盾前后共翻译了50余篇中东欧文学作品和20余篇北欧文学作品，另有南欧、爱尔兰、犹太文学作品若干。

北欧文学也是茅盾译介的重点。根据后来茅盾在《近代文学面面观》的序言中的定义，北欧文学也属于"弱小民族文学"的范畴。尽管北欧各国与中东欧同属小民族国家，却造就了安徒生、易卜生等世界级文豪。最早关注北欧文学的学者，如周氏兄弟、胡适等，正是看中了易卜生戏剧反映的社会问题。1918年，胡适在《新青年》上组织"易卜生号"，呼应当时社会改革的风气，引发了巨大的社会效应。茅盾对北欧文学的译介延续了这一风潮。他翻译的第一篇北欧文学作品是瑞典作家斯特林堡的短篇小说《他的仆》，该小说反映了妇女解放与家庭等问题，刊登在1919年9月18日的《时事新报》副刊《学灯》上。

---

① 相当于"编后记"。

20世纪30年代,茅盾在主编《文学》和《译文》杂志时仍把弱小民族文学作为译介的重点。他在《文学》上曾专门发行了一期"弱小民族文学专号"译介弱小民族文学,在《译文》上刊登的文章也以弱小民族文学为主。除了借助刊物出版,茅盾还把他译介的弱小民族文学作品整理成《雪人》《桃园》《回忆·书简·杂记》三个作品集出版。

茅盾译介的作品体裁广泛。根据《茅盾译文全集》的收录情况以及1996年版《茅盾年谱》的补充,茅盾一生共翻译短篇小说80余篇,中篇小说5篇,诗歌40余首,散文21篇,剧作16部,政论文21篇,有关妇女问题文章13篇,文论28篇,科普作品6篇,共计230余篇。此外茅盾还编译了大量外国童话、神话作品,如《希腊神话》《北欧神话》以及《北欧神话ABC》等。

茅盾译介的外国文学作品题材广泛且丰富,他尤其注重描写各民族人民的人生百态,这一题材成为茅盾译介工作的重要组成部分。同样,鲁迅在决心弃医从文之际,也立志通过翻译和介绍外国文学来推动社会的变革与进步。他在《我怎么做起小说来》中回忆道:"因为所求的作品是叫喊和反抗,势必至于倾向了东欧,因此所看的俄国、波兰以及巴尔干诸小国作家的东西就比较多。"[①]正因如此,他所选择的弱小民族文学作品多描写现实世界对这些国家的人民的压迫,以及人民的反抗意识和复仇意识。如鲁迅在1903年译述的短篇小说《斯巴达之魂》,讲述的是公元前480年斯巴达率领市民抵抗波斯入侵的故事;他翻译的保加利亚作家伐佐夫的反战小说《战争中的威尔珂》,讲述村民威尔珂在虚荣心的促使下参军,后在战争中致左手残废,反映了战争的残酷。周作人早期追随鲁迅,也选译"叫喊复仇与反抗"的文学,但在1920—1921年左右,周作人转而翻译了古希腊拟曲、古诗、日本狂言等作品,逐渐有别于鲁迅的译介

---

① 鲁迅:《鲁迅全集·第五卷》,同心出版社2014年版。

志趣,后来翻译的《陀螺》《空大鼓》,这些译作都体现了鲜明的个体意识。相比之下,茅盾译介外国文学作品题材更为丰富。除了"叫喊复仇与反抗"的文学外,他译介的瑞典作家斯特林堡的短篇小说集《结婚集》中的选篇《他的仆》《强迫的婚姻》批判了当时社会的婚姻问题;译介的瑞典作家瑟德尔贝的短篇小说《印第安墨水画》讲述了生活的虚无和百无聊赖;译介的犹太作家平斯基的短篇小说《拉比阿契巴的诱惑》讲述宗教对天性的压抑。茅盾在挑选翻译作品时,刻意地针对当时的译坛空白进行"补遗",致力于引介那些被他人忽视的优秀作品。例如,他翻译的第一篇高尔基的作品是短篇小说《情人》,在译者记中,茅盾提及,"他这篇'情人',在他著作中算是少见的,因为不是他的'苦生活'著作的一类";茅盾选择的广泛的题材有助于国人全面且深入地了解外国文学。这充分表明,他在新文学发展初期,虽然强调文学的社会功用,但同样注重文学题材的多样化。

随着社会形势的变化,茅盾文学多样化的诉求逐渐让位于战时状态,翻译焦点转向批判现实主义作品,如美国斯比伐克的《给罗斯福总统的信》,牟伦的《菌生在厂房里》。

对外国文坛消息的介绍也是茅盾的主要工作之一。仅在从1921年到1924年的《小说月报》的"海外文坛消息"栏目中,茅盾就根据当时欧美的报刊资料,写了206篇介绍外国文学的文章,涉及英国、法国、德国、美国、苏联、挪威、芬兰、冰岛、丹麦、瑞典、葡萄牙、西班牙、意大利、奥地利、希腊、以色列、爱尔兰、荷兰、比利时、澳大利亚、古巴、加拿大、匈牙利、保加利亚、罗马尼亚、塞尔维亚、捷克、斯洛伐克、波兰、阿根廷、智利、尼加拉瓜、巴西、印度、菲律宾、日本等30多个国家。从内容来看,有对某一国家或地区文学现状或文学史的概括,有对外国作家和作品的简要评介,有对各种文学流派和思潮如新浪漫主义、自然主义、写实主义、表现主义、未来主义、新希腊主义及神秘主义等的介绍,有对作家的诞辰、纪念、死亡和行踪的快报和短评等。他对外国文学消息的介绍丰富了国人的外国文学知识。

茅盾十分注重外国文学流派的引入。他早期的文学观带有明显的文学进化思想,在《我对于介绍西洋文学的意见》一文中,他梳理了外国文学古典-浪漫-自然-新表象-新浪漫的进化路线。在1920年发表的《"小说新潮"栏宣言》中,茅盾表示,"新思想是欲新文艺去替他宣传鼓吹的,……欲创造新文学,思想固然要紧,艺术更不容忽视"①。这表明茅盾将"艺术"的引介放在了优先位置。这里的"艺术"即指文艺流派。20世纪20年代初,他先后不遗余力地介绍了新浪漫主义和自然主义两大文学流派,以此弥补中国文学在特定领域的不足。但是从1924年开始,他逐渐转向无产阶级文艺思潮和社会主义现实主义的译介和倡导。

正是由于他的文学进化思想,茅盾在译介外国文学作品时,注重"穷本溯源"。为此,他对欧洲文学做了系统的研究,尤其是对有关于文明起源的神话,如希腊神话、北欧神话做了系统性的研究。他用玄珠、方璧等笔名,出版了一系列外国文学研究类作品:发表于1925年2月至4月的《儿童世界》上的北欧神话六篇,即《欧洲大战与文学》《骑士文学ABC》《神话杂论》《希腊文学ABC》《北欧神话ABC》《西洋文学通论》等。1934年,他在《中学生》杂志上连续发表文章介绍从古代到近代的世界文学名著,如《伊利亚特》《奥德赛》《战争与和平》等,这7篇文章后来结集成《世界文学名著讲话》出版。他在1935年还出版了《汉译西洋文学名著》,评价历史上的名家名著及其代表性译本。除此之外,他还编纂了《文艺小词典》《文学小词典》,连载了《近代戏剧家传》,发表了《现代德奥文学者略传》,之后他又与郑振铎合写《现代世界文学者略传》。这些工作普及了国人的外国文学知识。

---

① 茅盾:《"小说新潮"栏宣言》,《小说月报》1920年第11卷第1号。

（三）战争时期（1937—1949）

茅盾在这一时期的外国文学译介活动有明显的战时色彩。首先，他把译介的重点完全转移到苏联文学上。抗日战争全面爆发之后，为配合战时宣传需要，他专注于苏联爱国战争文学的译介，特别是对苏联作家吉洪诺夫的长篇小说《战争》进行了节译，翻译了巴甫连科的中篇小说《复仇的火焰》，以及格罗斯曼的中篇小说《人民是不朽的》等，并翻译出版了短篇小说译文集《苏联爱国战争短篇小说译丛》。此外，他还与人合译了罗斯金撰写的传记《高尔基》。抗日战争结束后，在美苏争霸的格局下，他翻译了剧本《俄罗斯问题》，反映了美苏争霸中美国的阴谋。茅盾最后一篇译作应该是西蒙诺夫的战争短篇小说《蜡烛》。除了直接翻译外，茅盾在1945年还编选《现代翻译小说选》，选辑了英、美、苏联、法、德、日本、意大利、捷克斯洛伐克、南斯拉夫和西班牙等国的反法西斯小说30篇，并写有序言《近年来介绍的外国文学》，对抗战以来的外国文学介绍工作作了回顾和评介。

（四）新中国成立后（1949—1981）

1949年以后，茅盾尽管没有再从事具体的翻译工作，但是，他作为文化部部长和文协（后更名为作协）主席，以及《人民文学》和新中国成立后《译文》的主编，继续积极倡导外国文学的译介工作。1949年10月25日，《人民文学》创刊。茅盾担任这一新中国成立后的第一本国家级文学杂志的首任主编（1949年10月—1953年6月）。在《发刊词》中，茅盾为该刊物规定了六项任务，其中一项就是"加强中国与世界各国人民的文学交流，发扬革命的爱国主义与国际主义精神，参加以苏联为首的世界人民争取持久和平与人民民主运动"①。这意味着,这样一本在新中国成立后立足于服务中国人民的文学杂志仍然将外国文学的译介视为重要任务。在茅盾担任主编期间,《人民文学》大力介绍苏联文学以及亚非拉文学。1953年,新中国的《译文》杂志(1959年改名为《世界文学》)正式创刊。此时,新中国刚刚成立,因民族国家文化建构的需要和整体诗学环境的影响,《译文》主要刊登苏联等社会主义国家的作品。但是随着后来几年政治局势的转向,苏联文学逐渐淡出视野,译介选择也越来越多样化,亚非拉文学成为主要译介对象,并且译介的国家也呈多样化态势。1958年8月至9月的"亚非文学专号"刊登了反映民族迫害与解放运动的亚非拉民族文学。《译文》还译介了英美国家的批判资本主义制度的作品,例如1954年8月刊登了马克·吐温的《竞选州长》,此外还登载了莎士比亚的十四行诗、雨果的小说《葛洛特·格》和诗歌等西方古典和浪漫主义作品。

二、茅盾外国文学译介思想

茅盾之所以如此积极地从事外国文学译介活动,是因为他认为外国文学可以改造社会、有利于新文学建设。除了译介外国文学,茅盾早期还通过发表评论文章驰骋文坛。他通过一系列的评述文章,阐明了外国文学译介对中国社会思潮以及新文学建设的重要作用。同时,通过翻译实践和观察,他发表了大量的关于翻译问题的文章,对翻译提供了许多有价值的见解,此节将综合进行论述。

---

① 茅盾:《〈人民文学〉发刊词》,《人民文学》1949年10月创刊号。

（一）翻译的目的与功用

在《"小说新潮"栏宣言》中，茅盾曾说，"现在新思潮一日千里，小说是传布新思潮的先锋队"[1]，指出文学传播新思潮、改造社会的能力。这里的文学并不是旧社会的文学。在《现在文学家的责任是什么？》一文中，他强调"文学是为表现人生而作的"[2]，显然，当时脱胎于旧社会的中国传统文学在茅盾看来自然没有这样的能力。因此，他只得将目光转向外国文学。在这篇文章中，他通过深入剖析西方社会的变革历程，详细阐述了翻译对于时代的意义。茅盾等人生活的时代，国外正在发生激烈的社会变革。他们通过阅读，深刻认识到外国文学在推动思想解放和社会变革中所发挥的重要作用，如易卜生的《玩偶之家》之于家庭革命，尼采的《查拉图斯特拉如是说》之于人对自由、个体主义和文化多样性的思考，托尔斯泰之于俄国社会的变革，因此，茅盾等人希望文学在中国也能发挥同样的作用。当时的新文学尚在草创，不足以担此重任，因此他们希望借助翻译实现这一目的，在这个意义上，茅盾提出"翻译文学作品和创作一般地重要，而在尚未有成熟的'人的文学'之邦像现在的我国，翻译尤为重要"[3]。

除了直接译介外国文学外，茅盾倡导通过译介外国文学从而建设本土文学，实现"由翻译而进于创造"。当时有人认为"读几十部外国小说再来创作"或者"读小说以创作小说"。在茅盾看来，这样的论调"贻害不浅"。茅盾在如何利用翻译文学创作新文学上提出了关键意见，指出译介外国文学，不是徒事模仿，归根结底还是要学会自己创作。真正的办法是

---

[1] 茅盾：《"小说新潮"栏宣言》，《小说月报》1920年第11卷第1号。
[2] 茅盾：《现在文学家的责任是什么？》，《东方杂志》1920年第17卷第1号。
[3] 茅盾：《一年来的感想与明年的计划》，《小说月报》1921年第12卷第12号。

"用了别人的方法,加上自己的想象情绪……,结果可得自己的好的创作"。茅盾虽然重视翻译的功用,也清醒地认识到本国的文学可以借鉴外国文学,但归根结底是要建立在本国民族的基础之上。这一论调对接下来一个世纪民族文学的发展方向具有重要意义。

从上述可见,茅盾把翻译视为改造社会、建设新文学的重要手段。正因茅盾对翻译非常重视,20世纪30年代,当郭沫若把创作比作"处女",贬斥翻译为"媒婆"以致轻视翻译的功用时,茅盾进行了有力的还击,他指出:"真正精妙的翻译,其艰难实倍于创作"[1]。他还进一步指出,那些视翻译为"媒婆"的人,自己也译了不少外国文学作品,这充分说明了翻译的重要性。20世纪30年代,国内对翻译的重视程度远不如20世纪20年代,文稿中错译、误译横行,译作质量低下,而茅盾对翻译的支持,在一定程度上重新引起了人们对翻译的重视。

新中国成立后,尽管茅盾并未再从事具体的翻译工作,但是,他作为新中国的文化部部长,从战略的层面全面论述了翻译工作的重要性。在1954年8月19日召开的全国文学翻译工作会议上,他作了题为《为发展文学翻译事业和提高翻译质量而奋斗》的报告,指出"外国文学的翻译介绍,对于我国新文学的发展,起了极大的鼓舞和借鉴的意义"。可见,茅盾始终把译介外国文学作为发展文学的重要手段。

(二) 主张"系统""经济"的翻译

由于对翻译工作的重视,茅盾对翻译的策略也进行了详尽的思考。茅盾在1920年发表的《对于系统的经济的介绍西洋文学底意见》一文中提出了对翻译工作的两点要求:"系统"和"经济"。茅盾所指的"系统"地

---

[1] 茅盾:《"媒婆"与"处女"》,《文学》1934年第2卷第3期。

译介，指的是要有计划地选译作品，其实与经济地译介是相通的，都是指在外国文学铺天盖地地袭来，而中国的翻译人手又不足的情况下，应该选择最适合的作品进行翻译。当时，有限的翻译人员对翻译工作进行"宏观调控"，优先译介最有利于新文学建设的外国文学，这是非常理性的做法。茅盾指的"系统"地翻译的另一层意思是指，在介绍一篇外国文学作品时，"附个小引，说明这位文学家的生平和著作"，甚至再"加一个序"。这样做，可以使读者充分地理解这篇作品，"译""介"结合是茅盾介绍外国文学的基本方法。

新中国成立后，茅盾再一次提出"系统的"介绍。针对过去"分散的、自流的状态"的翻译，以及译者能力差、胡乱翻译的混乱现象，茅盾在1954年召开的全国文学翻译工作会议上，提出"有组织有计划地进行"文学翻译工作。茅盾在此时提出这一主张的背景已经与上一个时期有明显的不同。新中国成立前，在私营出版商重利观的影响下以及出版社和学术团体众声喧哗的环境下，翻译的选择往往呈现无序状态。新中国成立后，依照茅盾的话，翻译活动"在党和政府的领导下由主管机关和各有关方面，统一拟定计划，组织力量，有方法、有步骤地来进行"[1]，"系统"一词的含义已经发生了深刻的变化。"党和政府的领导"从制度的角度保证了外文作品系统性介绍的实现。

茅盾在这篇文章中讲到的另一个关键点是经济地介绍，具体指译介的作品要合于社会。在译介外国文学人才匮乏的背景下，茅盾积极提倡经济地译介策略，反对仅凭个人兴趣进行译介。这体现了他在文学发展相对滞后的情况下，迫切希望通过高效、系统的译介工作，迅速追赶外国先进文学，展现出极强的规划性，以及他对文化发展的深刻使命感。

---

[1] 茅盾：《为发展文学翻译事业和提高翻译质量而奋斗》，1954年的全国文学翻译工作会议上的报告。

1920年年底,他在给周作人的《翻译文学书的讨论》一信中曾感慨,如果把古典文学也纳入当前译介的范畴,那么"我们不知道什么时候才能赶上世界文学的步伐,不做个落伍者!"① 彼时,以郭沫若为首的创造社主张译介浪漫主义文学,他在1922年7月17日发表在《学灯》上的《论文学的研究与介绍》一文中说"人可以按照自己的自由意志选择翻译什么,也就是主观的翻译东西"②。但是茅盾不以为然。茅盾指出,"翻译的目的,除了主观的目的之外,还有客观的目的",即"足救时弊"。③ 身为一个有时代使命的文学者,茅盾以作品是否符合于社会发展需求为标准来选择译介内容,优先译介这类作品,这充分体现了他心目中翻译的社会功用。

(三) 对重译的看法

"五四"以后的翻译活动愈发活跃,转译和重译的现象也越来越多,许多文学者根据自身体会,对两种现象发表了自己的意见。关于茅盾对转译现象的讨论,在第三章会详细谈到,这里单独介绍茅盾对重译的看法。

依据《中国翻译词典》④的定义,重译有两重含义,一是对自己旧译的润色修订;二是指同一专著的不同译本。茅盾的关于重译的思想与这两重含义都有关系。1921年5月1日的《民国日报》副刊《觉悟》"劳动纪念号"刊登了茅盾翻译的高尔基的短篇小说《大仇人》,1923年译者重译,并改名为《巨敌》。茅盾还曾两度翻译《简·爱》。第一次是在1931年,茅盾应时任中华书局编辑所所长舒新城(1893—1960)之约翻译《简·爱》(茅盾译为《雅纳绮耳》)。在这之前,伍光建早在1927年就节译了《简·爱》

---

① 茅盾:《翻译文学书的讨论》,《小说月报》1921年第12卷第2号。
② 孟昭毅,李载道:《中国翻译文学史》,北京大学出版社2005年版。
③ 同前,第114页。
④ 林煌天:《中国翻译词典》,湖北教育出版社1997年版。

的主要内容,译名为《孤女飘零记》。这一点,舒新城和茅盾早已知晓,因而在他们的邀约通信中特别强调"改译"。双方之所以在已有一个译本的情况下选择再度翻译《简·爱》,是因为伍光建所译版本内容削删过多。但是,1932年,茅盾的翻译工作因战争原因而中止。第二次翻译则是在1935年,郑振铎编《世界文库》时邀请茅盾翻译一篇连载的长篇小说,这时茅盾再次想到重译《简·爱》。可见,茅盾认为在前译本不好的情况下,外文作品是有必要重译的。但是茅盾所译的这一版本并没有问世。据回忆录记载,茅盾的翻译工作"才开了一个头,就被杂事打断了。看交稿的日子渐近,又不愿意边译边连载,只好放弃了原计划"[1]。其实,茅盾之所以再次搁置《简·爱》(他当时译为《珍雅儿》)的翻译,除了杂事繁忙之外,还有另一个原因。在茅盾第二次翻译《简·爱》时,当时的青年译者李霁野也在翻译《简·爱》(译名为《简·爱自传》),且彼此互不知晓。待李霁野译完之后,茅盾看到此译本已经颇为完备,因此打消了继续翻译《简·爱》的念头。李霁野的译稿《简·爱自传》在1935年8月至1936年4月的《世界文库》连载,茅盾还担任了他的译稿鉴读人。

如此看来,茅盾认为,在前译本不尽完备的情况下,重译是有必要的,并且要务必使重译本优于之前的译本。但是,如果现有译本已经比较理想,则没有重译的必要。依照他自己的重译经历来说,他曾在1923年重译高尔基的《巨敌》,与原译《大仇人》相比,语言更易懂。以第一段来说:

> 黑色人和红色人在地上翻得好狠呀。黑色人强力的中心是压制人类的大野心。他是残忍贪狠而且狡恶,他把他的大恶翅覆盖了地球,使地上尽被他的可怕的黑影所包围。他的野心是欲把黑铁,黄金,和谎言的力量去征服世界,使臣服于己,人类只应服务于他,他只

---

[1] 茅盾:《一九三五年记事——回忆录[十八]》,《新文学史料》1983年第1期。

在要把他的黑势力加到人类身上时,才呼求上帝了。(《大仇人》①)

  这个世界是红人和黑人拼死相争的战场。黑人所恃以征服全世界的武器,就是那永远不死的野心——要使全世界人类都屈服于威权而沦为臣仆的野心。因为他凶暴,贪婪,而且险恶,他的黑势力已经像一张极大的翅膀罩住了全世界,使人类发生无限的恐怖。他唯一的愿望就是独霸于世界;仗着黄金白银和说谎,他想征服全世界;如果上帝能够帮助他扩张他的黑势力,他也假意敬奉上帝。(《巨敌》②)

这里的"黑色人"隐喻帝国主义。20世纪初,面对帝国主义的压迫,这样一篇文章的目的是唤起民族的觉醒和对帝国主义的抗争。显然,1923年的版本语意更明晰,清晰地描述了帝国主义利用资本、宗教进行殖民扩张的手段。此次复译也颇为成功。

  茅盾早年译过萨尔蒂科夫(又名谢德林)的《一个农夫养两个官》,1936年6月16日出版的《译文》又刊登了萧乾的译本,译名为《一个田奴怎样喂养了两个衙吏》。萨尔蒂科夫是俄国著名的讽刺作家,此篇小说讽刺了官场的碌碌无为和不劳而获,同时体现出对被压迫者的哀其不幸,怒其不争的情感。在萧乾的译本中,被压迫者改用"田奴"一称,取代"农夫",压迫者和被压迫者的阶级对立境遇更加明显。考虑到20世纪30年代的社会环境,此译本极好地讽刺了国民党当局的压迫统治,因而这个译本更符合时代的要求,因此茅盾接受了萧乾的重译本。

  1937年,茅盾还专门以伍光建和李霁野的译本为例,在《译文》第2

---

① [苏]马克西姆·高尔基:《大仇人》,茅盾译,1921年5月1日。
② [苏]马克西姆·高尔基:《巨敌》,茅盾译,1923年1月10日。

卷第 5 期发表了《〈简·爱〉的两个译本——对于翻译方法的研究》，探讨重译的问题。他指出，不同的译本有不同的作用，因此重译不是不经济的做法，充分肯定了复译的价值。

（四）翻译的标准问题

我国古代及近代关于翻译的论述往往散见于译者的序跋中，是译者根据自己的翻译体会抒发的感想，没有对当时整个社会翻译现状进行评价和介绍，且不具备系统性。然而，"五四"新文化运动及文学革命运动从发生到发展都受到了外国文化和文学思潮的直接冲击。新文学运动的"战将"对于翻译工作十分重视，他们对翻译质量的要求普遍较高，也十分重视翻译批评。鲁迅、周作人、郭沫若、茅盾等文学家兼翻译家根据翻译实际，都提出过具体的翻译观。鲁迅从倡导直译开始他的翻译批评，并提出了独特的"硬译"翻译法，郭沫若针对译诗提出了"风韵译"等等。翻译观点的激烈交锋不仅推动了翻译批评的发展，也促进了译文质量的提高。

在《新文学研究者的责任与努力》一文中，茅盾强调翻译介绍外国文学必须"一定不能只顾着这作品内所含的思想而把艺术的要素不顾，……文学作品最重要的艺术色就是该作品的神韵"①。这是迄今为止中国译论史上最早明确地强调翻译要关注"神韵"的文章。神韵说来自中国传统文论。《周易·说卦》有言："神也者，妙万物而为言者也。"宋代严羽在《沧浪诗话》中说："诗之极致有一，曰入神。"可见，"神"是文艺作品所取得的极高的境界。茅盾将之用于翻译标准之中，实则为翻译界设定了一个高远目标，同时也表明他认为翻译可以同创作一样精彩。神韵说的提出，说明茅盾已经不再满足于对翻译内容的忠实传达，而是希望将外国文

---

① 茅盾：《新文学研究者的责任与努力》，《小说月报》1921 年第 12 卷第 2 号。

学的神韵植入中国文学，以促进中国文学的发展。就如何达到这一境界，他在《译文学书方法的讨论》一文中指出，"神韵"与"形貌"在理论上是相反相成的，构成"形貌"的要素是"单字"和"句调"两端，这两者同时也造成了该篇的"神韵"。如果"单字"的翻译正确，"句调"的精神相仿，自然就实现"神韵"了。① 这是茅盾基于自身翻译经验的体会，"神韵"是靠忠实地翻译"单字"与"句调"，也就是"直译"实现的，神韵与直译是辩证统一的。

茅盾提出的神韵说是基于直译的基础提出的，是对20世纪20年代初旧派文人"意译"主张的反驳。差不多在当时白话文与文言文之争发生的同时，翻译界还发生了直译与意译之争，这场争论可以看作白话文与文言文之争的延续。争论发生在旧文学者和新文学者之间。以林纾等人为代表的旧文学者，不但在选材上选择翻译鸳鸯蝴蝶派旧小说，而且在翻译规范上主张用古文翻译，不重视翻译的准确性，往往对原文随意增删，自称"意译"。新文学者则强调用白话文翻译，主张忠实的翻译，是"直译"派。在新旧两派相互攻讦时，新文学者主张的"直译"被打为"死译"，而林纾等人自我标榜的"意译"派则被攻击为"歪译"（与直译相对）。茅盾自始至终支持直译。1922年8月10日，他在《小说月报》第13卷第8号发表《"直译"与"死译"》，驳斥有人对"直译"的诟病，指出凡令人看不懂的译文并不是"直译"，而是"死译"。他还进一步阐明"直译"有深浅两层含义。从浅处说，就是"不妄改原文的字句"，从深处说，就是"能保留原文的情调与风格"，保留"情调与风格"与他倡导的神韵说一脉相承。

20世纪30年代，茅盾还发表了《直译·顺译·歪译》一文，再次强调要正确理解直译。

新中国成立之后，文学翻译事业仍是新文学建设的重要工作之一。

---

① 茅盾：《译文学书方法的讨论》，《小说月报》1921年第12卷第4号。

此时，茅盾作为领导，根据翻译形势和翻译工作的发展需要，指出翻译是用另一种文字进行艺术的再创作，传达出原作的意境，也就是"艺术的创造性的翻译"①。这是对他早年神韵说的进一步发展。1980年茅盾在为他的《茅盾译文选集》作序时，重申了这一观点："翻译既需要译者的创造性，而又要完全忠实于原作的面貌"②。用同一标准评价翻译和创作，是他一以贯之的观点。

罗新璋在其编撰的《翻译论集》的开篇《我国自成体系的翻译理论》一文中把中国传统翻译批评概括为"案本""求信""神似""化境"③，并以此作为中国自成体系的翻译理论。"案本"和"求信"是针对佛经翻译提出的。新文学运动开始之后，面对大量的文学翻译，单是在内容上求"信"的标准已经不能满足文学发展的需要，但是忠实的标准又不能放弃，这时茅盾借用中国传统文论中对文学作品的境界提出的高要求，即神气来要求翻译作品。翻译中"神"的问题不仅茅盾一人关注过。继茅盾之后，陈西滢在《论翻译》一文中，以"形似""意似""神似"概括了由低到高的三种翻译境界；④1951年9月傅雷在撰写的《高老头·重译本序》中提出"翻译应像临画一样，所求的不在形似而在神似"。因此，学术界普遍将"神似"看作傅雷对中国传统文论的独创性的贡献。但是茅盾早在1921年就提出了"神韵"观以及"神韵"与"形貌"的辩证统一，这是他对中国翻译批评做出的一大贡献。

---

① 茅盾：《为发展文学翻译事业和提高翻译质量而奋斗》，1954年的全国文学翻译工作会议上的报告。
② 茅盾：《茅盾文艺评论集》，上海译文出版社1981年版，第2页。
③ 罗新璋：《翻译论集》，商务印书馆1984年版，第1—21页。
④ 陈西滢：《论翻译》，《新月杂志》1929年第24期。

第二章 | 茅盾对外国文艺理论的接纳与创新

- 一、来自日本的"西方新浪漫主义"
- 二、经由日本中转的法国自然主义
- 三、无产阶级文学观与英语中介
- 四、茅盾对社会主义现实主义的倡导

第二章 | 茅盾对外国文艺理论的接纳与创新

新文学者中，茅盾尤其注重对外国文学流派的译介和倡导。20世纪20年代关于外国文学思潮——新浪漫主义、自然主义和无产阶级文学的译介和讨论，大多都与茅盾有关。茅盾早期奉行"为人生"的文学。在这期间，他先后大力倡导新浪漫主义和自然主义文学，希望借它们创造"表现人生""引领人生"的中国文学。20世纪20年代中后期和20世纪30年代初期，茅盾从倡导"为人生"的文学转向无产阶级文学和社会主义现实主义文学，为外国文艺理论的传播和接纳做出了巨大贡献，并将其纳入自己的创作实践。新中国成立后，作为领导，茅盾在新文学的建设中对外国文学在中国的传播与接受进行了全面而系统的梳理，进一步明确了社会主义现实主义文学的发展方向，在引导新文学的建设方向上起到了关键作用。

茅盾先后倡导的新浪漫主义、写实主义、自然主义，以及无产阶级文艺理论和社会主义现实主义，是他根据新文学发展的客观需要，对外国文艺思潮加以改造后完成的。此外，20世纪20年代初，茅盾接触外国文学思潮的途径庞杂，笔者也借此章对茅盾译介外国思潮的途径作系统梳理。

一、来自日本的"西方新浪漫主义"

"五四"是中国新文学的初始阶段，是西方文艺思潮纷纷涌进中国的时期。中国新文化和新文学运动的先驱者在这个时期积极介绍西方文学思潮，改革旧文学，探索建立新文学。在新文学的开拓者中，茅盾特别注重"源流与变迁"，密切关注外国文艺思潮的发展状况，他步入文坛不久，就开始大力介绍西方文学思潮。1920年1月，茅盾在《"小说新潮"栏宣言》中指出,西方小说已经进化到新浪漫主义阶段,而"我国却还是停留在写实以前"①。但是此时的茅盾,并不急于提倡新浪漫主义,而是本着文学进化的思想,主张"尽量把写实派自然派的文艺现行介绍"②,并列出需要翻译的自然主义写实主义的著作 37 部,其中包括左拉的 *La Débacle*(《崩溃》)、*Joy of Life*(《生之欢乐》)、*L' Attapue de Moulin*(《磨坊之役》)和莫泊桑的 *Une Vie*(《一生》)、*Pierre et Jean*(《皮埃尔和若望》)等小说。

同年 2 月 25 日,茅盾在《小说月报》上刊登的《我们现在可以提倡表象主义的文学么?》一文中,就开始否定写实主义,指出写实文学"使人心灰,使人失望,而且太刺戟人的感情",相比之下,新浪漫派"可以指人到正路,使人不失望"。从此,茅盾不再提及对自然主义、写实主义的译介,而是明确把新浪漫主义作为中国文学的发展方向并大力加以提倡。

茅盾对新浪漫主义的定义十分宽泛。在茅盾 1919 年 7 月至 12 月连载于《学生杂志》的《近代文学家传》中,他说"近世的戏剧是写实主义,现代戏剧却已将写实主义看作过去,另有新生的派别"。根据茅盾所说新浪漫主义是写实主义过后的一个阶段的说法,这里的新生派别就包括了新浪漫主义。在 1920 年 1 月 25 日《小说月报》的"小说新潮"栏宣言》一文中,茅盾简要地道出新浪漫主义的基本特征:它从写实主义的"客观变回主观",而又不同于旧浪漫主义"从前的客观"。茅盾在 1920 年 2 月 4 日《时事新报·学灯》上发表的《对于系统的经济的介绍西洋文学底意见》一文中,他说法朗士(Anatole France)是新浪漫派的前驱,而他是"合写实主义与感情主义为一的","重理想重理智的",这可以看作是茅盾认定的新浪漫主义的另一特征。茅盾的新浪漫主义还指新理想主义。在《非杀论的文学家》③一文中,茅盾把巴比塞(Henri Barbusse)作为新理想主义派

---

①② 茅盾:《"小说新潮"栏宣言》,《小说月报》1920 年第 11 卷第 1 号。
③ 茅盾:《非杀论的文学家》,《时事新报·学灯》,1920 年 5 月 3 日。

的文学家,并在《文学上的古典主义、浪漫主义和写实主义》①一文中将新理想主义叫作新浪漫主义。在《为新文学研究者进一解》中,他表明了他对新浪漫主义的认识,即所谓"新浪漫主义起初是反抗自然主义的一种运动","那时反抗自然主义的运动分为两大派:一是心理派的小说家,一是象征派的诗家","至于象征派的诗家对于自然主义的反抗,起头的要算是象征派的 Stephane Mallarmé 在一千八百八十八年出版他自己的诗集。迨后梅德林(M. Maeterlinck)确定他的象征主义的戏剧,于是新浪漫运动的势力注到戏剧方面"。② 由此可见,在茅盾看来,象征派(又可称为表象主义)是属于新浪漫主义的。茅盾在此文中将德国的豪普特曼(Gerhart Hauptmann)、奥地利的霍夫曼斯塔尔(Hugo von Hofmannsthal)、爱尔兰的叶芝、格雷戈里夫人(Lady Gregory)、辛格(John Millington Synge)作为新浪漫主义剧作家加以介绍,并把罗曼·罗兰作为新浪漫主义作家的代表,把他的著作《约翰·克里斯朵夫》中追求真理、敢于冒险、摆脱过去的专制、服务于将来的精神看作是新浪漫主义的具体体现。同时,茅盾也承认这仅仅是新浪漫主义的众多表现形式之一,新浪漫主义归根结底是"革命的解放的创新的"。由此可见,茅盾的新浪漫主义的指涉非常广泛,而且不是固定不变的,但总体来说,"新浪漫主义"是能够弥补自然主义缺陷的带有理想主义特质的追求自由解放的思潮。

1920 年初到 1921 年 7 月是茅盾大力倡导新浪漫主义的阶段。这一阶段,他撰写的提倡新浪漫主义的文章,除了上述提及的,还有《对于系统的经济的介绍西洋文学底意见》《文学上的古典主义、浪漫主义和写实主义》《新文学研究者的责任与努力》等,均指出新浪漫主义"引导人生"的

---

① 茅盾:《文学上的古典主义、浪漫主义和写实主义》,《学生杂志》1920 年第 7 卷第 9 号。
② 茅盾:《为新文学研究者进一解》,《改造》1920 年第 3 卷第 1 号。

优点并加以倡导。除此之外，他撰写《表象主义的戏曲》介绍表象主义戏剧；撰写《近代文学的反流——新爱尔兰文学》介绍爱尔兰新浪漫主义文学现状；撰写《梅特林克》介绍比利时新浪漫主义剧作家梅特林克。他还翻译了梅特林克的《丁泰琪的死》《室内》，叶芝的《沙漏》，邓萨尼（Lord Dunsany，原名 Edward Plunkett）的《遗帽》等新浪漫主义戏剧，以供国人学习借鉴。

然而，对于今天的西方文学研究者来说，"新浪漫主义"是一个颇为陌生的名词。现在的几本主要的西方文学史著作也没有提到叫作新浪漫主义的流派。茅盾所谓的西方新浪漫主义是哪里来的呢？是否完全来自西方？此外，茅盾与创造社几乎同时译介新浪漫主义，但是他们对新浪漫主义的认识却不尽相同，这又是什么原因呢？

事实上，西方文学历史上并不存在一个严格意义上的新浪漫主义。如果真的要在西方追溯新浪漫主义文学，"新浪漫主义"这个术语所指涉的实质上是浪漫主义在其高潮过后的一种存续，这种艺术形态在音乐领域的叫法是"新浪漫主义"或者"后期浪漫主义""晚期浪漫主义"。在英语文学领域，这种艺术形态统归入"维多利亚时期"。"维多利亚时期"文学的内涵非常广泛，包含古典主义、新古典主义、浪漫主义、印象派艺术以及后印象派艺术。从时间上来说，茅盾认为"新浪漫主义"是承接自然主义之后西方文学发展的最新思潮，时间上对应的是象征主义、印象主义、神秘主义、唯美主义和表现主义等现代派。被茅盾视为新浪漫主义代表人物之一的梅特林克就是象征主义代表作家，而被茅盾视为新浪漫主义旗手的罗曼·罗兰，则是公认的批判现实主义作家和人道主义作家。

这让人不禁疑问：茅盾对新浪漫派的认知是从哪里得来的？为何会有异于西方思潮？

我们如果在西方文学的发展史上无从找出"新浪漫主义"一词的源头，不妨把目光转向"东洋"。19世纪末20世纪初，中日文化交流比较频繁，中国文坛受日本影响较大，新浪漫主义作为一种外来事物极有可能受日本影响。事实上，日本文坛在明治四十年（1907年）前后就用"新浪漫主义"来概括在欧洲兴起不久的早期现代主义流派，并把象征派的梅特林克视为"新浪漫主义"文学的代表。"新浪漫主义"是日本文坛根据欧洲当时象征主义等文学发展流派的态势作的概念上的统一。日本文坛把象征主义划归"新浪漫主义"，把以王尔德为代表的唯美主义（享乐主义）划归"新浪漫主义"，把"神秘主义"和"唯美主义"作为"新浪漫主义"的两种基本倾向。①

1912年3月，厨川白村的第一部著作《近代文学十讲》②出版。此书是日本第一部介绍欧洲19世纪中叶到20世纪初近五六十年代的文艺思潮的著作。该书的第九讲第一节——《新浪漫派》专门介绍了新浪漫主义。在这里，厨川白村提到，新浪漫主义"不过取出欧洲最近的文艺界主要的倾向，取了这个名称"。由此可见，新浪漫主义是日本文坛对欧洲文坛动向的概括，这一名词的确来自日本。

经由日本文坛总结的欧洲"新浪漫主义"，对中国文坛产生了很大的影响。发表于1919年11月《新青年》第6卷第6号的朱希祖翻译的厨川白村的《文艺的进化》，译自厨川白村《近代文学十讲》第九讲第二节，是迄今为止发现的国内介绍新浪漫主义的最早的文章。在诸多的日本作家、文学评论家中，无论是文艺观、文艺发展史观，还是创作思想，厨川白村对中国新文学的影响都较为广泛且深远。在这篇《文艺的进化》中，厨川白村指出文学的进化过程是客观-主观-客观-主观的过程，他说新浪漫派"经过一次现实主义的变态时代，就是内容丰富充实的浪漫派了。而且是觉醒人生现实的事实后的浪漫派"。依照他在《近代文学十讲》中的看

---

① 王向远：《中日新浪漫主义因缘论》，《四川外语学院学报》1998年第3期。
② 此书于1921年由罗迪先翻译成中文。

法,新浪漫主义文学是文学进化过程中最完美、完满的文学。作为《新青年》的追随者,茅盾很有可能阅读了刊登在《新青年》上的这篇介绍新浪漫主义文学的文章,并且认定了新浪漫主义的独特价值。

茅盾所介绍的新浪漫主义,与日本文坛所指的新浪漫主义,有很多相似的地方。首先,他们都明确指出了新浪漫主义这一具体流派的存在,这就极大地有别于西方文坛;其次,他们都认同新浪漫主义在文学进化中是最新的事物,并且具体提出了"客观-主观-客观-主观"的互为消长起伏的过程,以及这种程序不是循环而是进化的观点;其三,他们都以象征主义的梅特林克作为代表人物。这说明,茅盾对新浪漫主义这一外来事物的定义和理解,很可能受到了日本文坛的影响。

茅盾之所以将新浪漫主义视作中国文学的发展方向,与其深刻的文学进化思想有关。晚清时期,中国旧有的封建制度受到西方强烈的冲击,积贫积弱的中国开始放眼西方,学习西方的科学技术和社会科学,并且产生了强烈的救亡图存和赶超意识。严复在《天演论》中传达的"物竞天择、适者生存"的进化论原理,得到了国人的普遍接受与认同。进化论思想被广泛地用来解释社会历史发展的普遍规律,成为一种新的世界观,也被用在了文学上。温儒敏曾说:"关于进化论作为新文学运动最重要的理论资源,学界已经有过大量论述,几乎没有人能够怀疑,文学进化论的确为现代文学的产生和立足,甚至为'新传统'的确立,都提供过足够的援助。"[①]面对不能适应新社会发展需求的旧文学,新文学者把进化论的观点运用到文学发展上,借文学进化论推动文学的进步。1915年,陈独秀写下《现代欧洲文艺史谭》,把欧洲文艺思想的变迁概括为古典主义-理想主义-浪漫主义-写实主义的路线,传递了文学进化的思想。这篇文章分两次刊登

---

① 温儒敏:《中国现代文学的阐释链与"新传统"的生成》,《学术月刊》2008年第40卷第11期。

在《青年杂志》(后更名为《新青年》)第1卷第3、4期上,在当时颇具影响力。作为追求科学和进步的青年,茅盾很有可能早就关注了达尔文的进化论和文学进化思想。1920年,茅盾发表了以进化文学史观"鸟瞰"文艺进化路线的长文《文学上的古典主义、浪漫主义和写实主义》。同陈独秀所选取的文学思潮角度一样,茅盾在此文中对欧洲文艺复兴以来的新文学演变作了宏观的考察和梳理,总结了古典主义-浪漫主义-写实主义的欧洲文艺发展进化路线,并且指出进化的次序"不是一步可以上天的",换言之,西方文学经历的每个环节对于中国来说也是必经的。他进而将中国文学的发展与西方文学进化轨迹作对照,指出"要促进中国文学的进步,都该尽量把写实派自然派的文艺先行介绍"①,而最后的目标应当是新浪漫主义。因此,茅盾在倡导了两个月的自然主义之后,就开始集中介绍新浪漫主义。

茅盾从自然主义转向新浪漫主义的另一个原因,是他对文学与人生的关系的关注。茅盾认为,"自然派只用分析的方法去观察人生表现人生,以致见的都是罪恶,其结果是使人失望,悲闷",因而"不能引导健全的人生观"。② 因此,他没有把自然主义作为中国文学的发展目标。而新浪漫主义就不同了,"西洋的文学史……每进一步,便把文学的定义修改了一下,便把文学和人生的关系束紧了一些,并且把文学的使命也重新估定了一个价值"③。因而新浪漫主义"能引我们到真确的人生观"④。在茅盾看来,相比于自然主义,更为进步的新浪漫主义更能表现人生,这契合了他的为人生的文学宗旨。也因此,茅盾拒绝把"目的只在美,而不言有新理想"的唯美主义划归新浪漫主义范畴,而把罗曼·罗兰及其《约

---

① 茅盾:《我对于介绍西洋文学的意见》,《时事新报·学灯》,1920年1月1日。
② 茅盾:《为新文学研究者进一解》,《改造》1920年第3卷第1号。
③ 茅盾:《新文学研究者的责任与努力》,《小说月报》1921年第12卷第2号。
④ 茅盾:《为新文学研究者进一解》,《改造》1920年第3卷第1号。

翰·克里斯朵夫》作为新浪漫主义的代表,推崇主人公追求真理和未来的精神。

总体来看,茅盾依据文学进化的高度,积极倡导新浪漫主义,并特别强调新浪漫主义指导人生的能力。他对新浪漫主义的接受,确实受到了日本文坛的一定影响,然而他并未全盘接受日本的新浪漫主义观念。

当时的中国文坛,除茅盾外,大力译介新浪漫主义的还有创造社。1921年,主张表现自我和个性解放的创造社成立,其代表人物有郭沫若、成仿吾、郁达夫、田汉、陶晶孙等。倡导新浪漫主义是创造社的重要标志。创造社成立前,在被问及该社今后的文学方针时,郭沫若的回答是"新罗曼主义"①。根据郭沫若后来的解释,新浪漫主义是:"浪漫主义跟现实主义有机结合起来,侧重于主观的创造于激情、幻想的表现,带有新鲜生动的进步内容"②。可见,郭沫若对新浪漫主义的解释也是建立在厨川白村的理论基础之上。郁达夫的《戏剧论》把反自然主义作为新浪漫派。③ 依此定义,王尔德的《莎乐美》和象征主义作家豪普特曼的《汉讷莱升天》《沉钟》则是新浪漫派剧作。创造社早期奉行的主情主义文艺观基本上是建立在厨川白村的理论基础之上。但是后来,创造社成员普遍对日本新浪漫主义倡导的唯美主义更加表现出兴趣和情有独钟,并在具体的文学实践中大量借鉴和参考了唯美主义文学的创造经验。

茅盾所倡导的新浪漫主义,虽然同样受到日本文坛的影响,但有别于创造社成员的是,他没有继承日本把唯美派纳入新浪漫主义范畴的传统。他认为王尔德代表的唯美主义不能引领人生,因此不予提倡。这是他根据中国文学发展的需要对新文学概念进行的取舍。

---

① 即新浪漫主义。
② 郭沫若:《致陈明远1959年1月9日》,《郭沫若书信集》(下),中国社会科学出版社1959年版。
③ 郁达夫:《戏剧论》,商务印书馆1926年版。

茅盾在倡导新浪漫主义时,并没有彻底反对写实主义。他在《〈欧美新文学最近之趋势〉书后》中说,新浪漫主义对于写实主义"非反动而为进化",新浪漫主义"为补救写实主义丰肉弱灵之弊,为补救写实主义之全批评而不指引,为补救写实主义不见恶中有善"。① 由此可见,他是将新浪漫主义作为现实主义的重要补充。茅盾所译介的新浪漫主义,是服务于他的"为人生"的现实主义文学观。茅盾强调文学的社会功利性,认为"为人生"的文学必须具有"表现人生,引导人生"两方面的作用。为达此目的,他认为"为人生"的文学"不能无理想做个骨子",必须"把新理想新信仰灌到人心中",使之符合他对表现人生的文学的预期。因此,他将罗曼·罗兰这样的理想主义、人道主义作家也植入他认定的中国文学发展的最终目标——新浪漫主义。这也是他根据中国文学的具体需要对新浪漫主义概念的改造。

茅盾在倡导新浪漫主义不到两年之后,就重新回到对自然主义的倡导上。尽管新浪漫主义在中国只是昙花一现,但它确是茅盾探索中国文学发展方向的有益实践。通过这次探索,茅盾意识到在倡导文学作品"灵"的时候,"肉"也不能忽视,尤其是在旧文学势力仍然顽固的情况下,探索新的创作方法非常重要,这为他接下来倡导自然主义埋下了伏笔。茅盾虽然之后声明新浪漫主义不适合中国的发展需要,但是并没有完全否定"新浪漫主义"等现代派对文学发展的贡献以及可供借鉴之处。在《论无产阶级艺术》中,茅盾从文学的阶级性入手,将以罗曼·罗兰为代表的"民众艺术"当作批判的对象。1929年,茅盾已经完全接受了写实主义,在他研究文学与社会发展规律的著作《西洋文学通论》中称新浪漫主义为自然主义的反动势力,指出新浪漫主义并没有"浪漫主义所有的鲜明的主张,坚强的意志,毫不含糊的意识,活泼泼地勇往直前的气概",有的

---

① 茅盾:《〈欧美新文学最近之趋势〉书后》,《东方杂志》1920年第17卷第18号。

"只是要逃避现实的苦闷惶惑的脸相"①。此时的新浪漫主义在茅盾的眼中,已经完全不具备"指导人生"的功能了。但是,如果就此判断茅盾乃至整个中国文学都不曾得益于新浪漫主义,那就错了。20世纪50年代,茅盾进一步强调发展社会主义,同时对以往译介的外国文艺理论进行清算。他在《夜读偶记》中解释说:"'新浪漫主义'这个术语,二十年代后不见再有人用它了,但实质上,它的阴魂是不散的。现在我们总称为'现代派'的半打多的'主义',就是这个东西。"②这里的"阴魂不散"说明新浪漫主义一直存在。尽管茅盾从20世纪20年代中后期就没有再译介新浪漫主义,但是其回响仍在,文学价值仍在。在《夜读偶记》中,茅盾甚至强调了其对现实主义的补充作用:"我们也不应当否认,象征主义、印象主义,乃至未来主义在技巧上的新成就可以为现实主义作家或艺术家所吸收,而丰富了现实主义作品的技巧"③。茅盾又以马雅可夫斯基为例,指出他"吸收并灵活应用未来主义诗歌的音乐性这个特点,使他后来的诗歌有独特的风格"④。茅盾在新中国成立后主编的《人民文学》和《译文》杂志,也曾刊登马雅可夫斯基的诗歌。他认为马雅可夫斯基广泛吸收现代主义的做法可以作为指导中国现实主义创作的典型案例。这也充分说明茅盾立足现实主义、广泛接纳外来因素的开阔的学术视野。

二、经由日本中转的法国自然主义

20世纪初,随着西方各种思潮涌入中国,自然主义作为一种重要的文学思潮进入了中国人的视野。早在20世纪初,国内文坛已出现有关自

---

① 茅盾:《西洋文学通论》,复旦大学出版社2004年版,第137页。
②③④ 茅盾:《夜读偶记》,百花文艺出版社1958年版,第2页。

然主义(自然派)的介绍。载于《大陆》杂志第 2 年第 2 号的《文学勇将阿密昭拉传》就介绍了左拉:"世人多谓昭拉氏为卑亵猥琐之作者,然公平之批评家,则谓其不但非卑亵猥琐之作者,于意味上观之,且为法国小说家中最有德之作者也。"① 从这段描述可以看出,尽管左拉描述的是丑恶现象,但是作者对左拉作品"揭露丑恶,而不是遮掩丑恶的品德"表现出赞赏。

陈独秀于 1915 年发表在《青年杂志》(后更名为《新青年》)第 1 卷第 3、4 号上的《现代欧洲文艺史谭》介绍了自然主义文学思潮。陈独秀在文中指出自然主义是对写实主义的发展,认可自然主义学说,并且断言"自然派文学艺术之旗帜,且被于世界"。

1918 年梁启超发表《游欧心影录》,其《文学的反射》一节介绍了自然主义。梁启超肯定了自然主义求真写实的优点,但是也指出,由于极度求真,"越发令人觉得人类没有意志自由,一切行为都是受肉感的冲动和四围环境所支配"②,也就是本章第一节所说的茅盾所批判的自然主义"使人心灰,使人失望"的弊端。

1920 年前后,许多学者曾撰文介绍自然主义。《少年中国》陆续发表了周无的《法兰西近世文学的趋势》、李劼人的《法兰西自然主义以后的小说及其作家》、田汉的《诗人与劳动问题》等一系列较为系统地介绍自然主义文艺理论的文章。③ 此外,胡愈之在 1920 年 1 月的《东方杂志》发表论文《近代文学上的写实主义》。从文章内容看,他说的写实主义主要是指自然主义。归结起来,这些文章都介绍了以左拉为代表的自然主义客观、科学地描写。

---

① 《文学勇将阿密昭拉传》,《大陆》1904 年第 2 年第 2 号。
② 俞兆平:《科学主义与文学的写实主义》,《文艺报》1999 年 8 月 19 日第 9 版。
③ 张冠华等人:《西方自然主义与 20 世纪中国文学》,中央编译出版社 2007 年版,第 4 页。

不同于新浪漫主义，自然主义是在欧洲文学史上真实存在过的重要思潮。文学上的自然主义始于19世纪五六十年代的法国。自然主义的哲学基础是孔德的实证主义，主要代表作家有龚古尔兄弟、埃米尔·左拉、莫泊桑等，代表理论家是左拉。自然主义在法国产生以后，很快波及德国、西班牙、英国、意大利、日本、美国等国。

自然主义是20世纪初期传入日本的。自然主义不仅是日本文学近代化达到巅峰的标志，而且是日本近代文学的主流。"自然主义"这一用语，在日语中最初见于森鸥外明治二十二年（1910年）时的翻译。① 日本自然主义文学继承法国自然主义文学追求现实生活原本的"真"，运用心理学、遗传学理论剖析人性，更多着笔于平凡、琐细，甚至猥亵、肮脏、丑恶的生活现象。②

与此同时，自然主义文学经过在日本的本土化的发展和解读，也产生了有异于法国自然主义的特征。一是强调"无理想、无解决"的"平面描写"论，即放弃了暴露丑恶后的积极态度，明显流露出消极颓废、堕落放纵、自我分裂和虚无主义的世界观；二是以自我主义和个人主义作为出发点，追求个性，具有强烈的自我意识。正是在日本自然主义文学思潮的影响下，日本出现了"私小说"（即自我小说）的文学形态。③ 这是法国自然主义文学所不曾呈现的。

由于自然主义在日本获得了异常的繁荣，加之中日文化交往频繁，日本成了中国引介和接受自然主义的一个重要渠道。④ 关于茅盾对自然主义的接受，钱林森在《茅盾与法国自然主义》一文中也指出，茅盾对自然主

---

① 赵仲明：《日本近代从自然主义到无产阶级文学运动及其若干理论争论》，《马克思主义美学研究》2008年第11卷第2期。
② 黎跃进：《日、欧自然主义文学比较》，《国外文学》1995年第4期。
③ 杨伟：《日本文学关键词私小说》，《日语学习与研究》2022年第5期。
④ 王向远：《五四时期中国自然主义文学的提倡与日本自然主义》，《国外文学》1995年第2期。

义思潮的认识与研究并非通过自然主义原著的阅读,而是间接地借助于几部日本和西方著作的中介而实现的。①

茅盾对自然主义文学在中国的介绍和提倡起了关键的作用。上一节讲过,1920年,茅盾在短暂地提倡过自然主义的译介后,开始不遗余力地译介新浪漫主义。可是,在倡导新浪漫主义不到两年之后,1921年8月,在《小说月报》的《评四五六月的创作》一文中,他却笔锋一转,提出要"造出中国的自然主义文学来"。他在该期《小说月报》的《最后一页》中也说,要"乘此把自然主义狠狠地提倡一番"。在短短的两年之内,茅盾放弃新浪漫主义,转而大力提倡自然主义的这一转变,与胡适有很大关系。1921年7月,胡适在读了《小说月报》后,劝茅盾不可滥唱什么"新浪漫主义"②,而是要提倡写实主义。茅盾接受胡适的建议。他在8月16日致信胡适,表示打算接下来期期《小说月报》提倡自然主义,针对一般人还不知自然主义为何物,拟把十二号作为自然主义号,专门刊登有关自然主义的译作和讨论。为此,他还向胡适拟了一个计划刊登的翻译文章的名录:佛劳贝(现通称福楼拜)短篇一、莫泊桑《归来》、北欧Kielland、日本国木田独步之《女难》。在当年12月的《小说月报》上,茅盾果然刊登了他亲自撰写的介绍自然主义先驱福楼拜(茅盾译为佛罗贝尔)的文章《纪念佛罗贝尔的百年生日》和晓风翻译的岛村抱月的《文艺上的自然主义》(茅盾还为此写了附志),并刊登了《归来》和《女难》的译文。茅盾在《纪念佛罗贝尔的百年生日》一文中对自然主义大加赞赏。茅盾在该期的《一年来的感想与明年的计划》一文中表示,自然主义是纠正中国文学描写方法和"以文学为游戏为消遣"的文学观的对症药,因此主张学习自然主义。本期《小说月报》可以看作是茅盾严肃译介自然主义的开始。在此后一年,茅

---

① 钱林森:《茅盾与法国自然主义》,《中国文化研究》1998年第3期。邱磊:《茅盾与翻译》,《中国青年报》1982年3月28日。
② 沈卫威编:《胡适日记》,山西教育出版社1998年版,第142—144页。

盾大力提倡自然主义，《小说月报》在接下来几期的"通信"栏中设立"自然主义的论战""自然主义的怀疑与解答"等专题，刊发讨论自然主义的文章，并展开了一次长达10个月的关于"自然主义"的讨论。此次论战以茅盾在第13卷第7号《小说月报》上发表《自然主义与中国现代小说》一文为终。

除了茅盾自己撰写的文章外，《小说月报》上登载的有关自然主义的理论文章几乎都来自日本。1920年第11卷第11号上刊登的《自然派小说》和1922年第1、2、3、5、6、7、11号上连载的介绍自然主义的《西洋小说发达史》的作者为当时的留日学生谢六逸；1921年4月第12卷第4号刊登了李达翻译的日本学者宫岛新三撰写的《日本文坛之现状》，其文章详细地介绍了日本自然主义文学。为了使读者能对自然主义有正确的看法，1921年12月《小说月报》第12卷第12号刊登了晓风（陈望道）翻译的日本自然主义理论家岛村抱月的《文艺上的自然主义》一文。在该文后面的"附志"中，茅盾特意提醒读者，切勿草率地翻阅此篇，而应深入思考并从中汲取对自然主义的正确见解。可见茅盾对此文的重视。

这里还有一个有趣的地方。茅盾在1920年倡导自然主义时，是将自然主义与写实主义并列倡导的，似乎两者之间并无显著区别；后来胡适建议茅盾提倡写实主义，茅盾当即接受了他的意见，但是接下来倡导的却是自然主义并且没有再提及写实主义了。1920年胡适写的以介绍自然主义为主的文章也是以写实主义为题——《近代文学上的写实主义》。写实主义与自然主义之所以会出现交叉，原因在于自然主义在很大程度上受到了写实主义的影响，与写实主义拥有共同的理论基础，因此不论是在西方，还是在日本或是在中国，大多数人把自然主义与写实主义混为一谈。1920年的茅盾及其他人也同样如此。但是，1921年7月以后，当茅盾认真思考自然主义，尤其是自然主义在中国引起巨大争论之后，他不得不重新审慎思考这一词的来源。在问及两者的区别时，他引用钱德勒（F. W. Chandler）

在1914年发表的《近代戏剧面面观》(Aspects of Modern Drama)一文中的话说,"写实派作者观察现实,而且努力要把他取到的印象转达出来,并不用理性去解释或用想象去补饰。自然派就不过把这手段更推之极端罢了"①可见,他对自然主义的理解,还是建立在写实主义之上的。

通观茅盾撰写或刊登的评介文章可见,他倡导的是自然主义"写实"的特点。在1922年发表的《文学与人生》中,茅盾强调指出:"科学的精神重在求真,文艺亦以求真为唯一目的。"②茅盾赞叹自然派作家的这种精细的描写手法,认为"最大的好处是真实与细致,一个动作,可以分析地描写出来,细腻严密,没有丝毫不合情理的地方"③。他在《小说月报》上刊登岛村抱月的《文艺上的自然主义》一文,该文将自然主义特征归结为"写真",认为"真的一语是自然主义的生命,是自然主义底标语"。④ 而岛村抱月在同年另一篇谈论自然主义的文章《自然主义的价值》中强调的自然主义"无解决无理想主义"的特点则没有被介绍。

20世纪20年代初,茅盾提倡自然主义是为了攻击当时的鸳鸯蝴蝶派,他利用左拉的"自然主义"写实这一面,批判鸳鸯蝴蝶派小说的向壁虚造的弱点。茅盾当时正与鸳鸯蝴蝶派发生激烈冲突,他在当时致汪馥泉的信中曾说,"《自然主义与中国现代小说》的被打击者","是礼拜六派小说"⑤。在《自然主义与中国现代小说》一文中,茅盾说,"左拉这种描写法……恰好和上面说过的中国现代小说的描写法正相反对。专记连续的许多动作的'记账式'的做法,和不合情理的描写法,只有用这种严格的客

---

① 茅盾在《小说月报》1922年第13卷第6号《自然主义的怀疑与解答——复吕芾南》一文中,回复读者吕芾南的问题"自然主义和写实主义相异之点"时说,"文学上的自然主义与写实主义实为一物"。
② 茅盾:《文学与人生》,松江暑期讲演会《学术讲演录》1923年第1期。
③ 茅盾:《自然主义与中国现代小说》,《小说月报》1922年第13卷第7号。
④ 岛村抱月:《文艺上的自然主义》,《小说月报》1921年第12卷第12号。
⑤ 茅盾:《时事新报·文学旬刊》1922年第54期。

观描写法方能慢慢校正"①。由此可见,他倡导自然主义,是希望借自然主义的写作手法补救中国旧文学的弊端。

茅盾在借鉴日本的自然主义理念时,并未简单照搬其文学理念,也未继承日本自然主义"无理想、不解决"的悲观基调。他积极主张"学习文学的自然主义",然而对于自然主义的人生观,他则坚决反对。他明确指出,自然主义文学中蕴含的机械论和宿命论,显然无法适应当时中国文坛所倡导的"为人生"的文学环境,更不符合"五四"新文学启蒙的现状。所以,茅盾对于自然主义是有选择地接纳。在《自然主义与中国现代小说》一文的第一部分,茅盾说,"新派以为文学是表现人生的,疏通人与人间的情感,扩大人们的同情的"②。可见,他仍将外来思潮——自然主义视为实现"为人生"文学的重要手段。为实现这一文学目标,他对日本引入的"法国自然主义"进行了深入而审慎的"适用性改造"。

茅盾这种只从创作方法上接受自然主义但从人生观上排斥自然主义的做法,与只接受新浪漫主义中的理想主义的思想但拒绝新浪漫主义的写作手法的策略恰恰相反,但是道理相同,即根据中国文学发展的需要进行选择与改造。这就决定了中国不可能形成像日本文坛那样的自觉的自然主义文艺思潮。在中国,自然主义只是现实主义的重要补充。

随着接触无产阶级文艺,茅盾没有再倡导过自然主义。尽管他在一系列文论,如《论无产阶级文学》《关于创作》《答国际文学问》《创作的准备》中,都曾拒绝提倡自然主义,但是并未否定自然主义的借鉴价值。1956年11月的《译文》刊登了阿拉贡撰写的《左拉的现实意义》,正是说明他认为在新中国的文学建设中,左拉的自然主义也是有值得借鉴的地方。他在1978年《为介绍及研究外国文学进一解》中,仍然提倡要借鉴左拉,在文章《〈子夜〉写作的前前后后》中重申他是"喜爱左拉"的。这说

---

①② 茅盾:《自然主义与中国现代小说》,《小说月报》1922年第13卷第7号。

明,茅盾在专注于社会主义现实主义文学的大环境下,仍然保持开放的文学思想,广泛借鉴,博采众长。

三、无产阶级文学观与英语中介

幼年时代,茅盾便秉承父亲"大丈夫当以天下为己任"的遗志,立志解救苦难的人民。他的愿望是做一位革命家,只是"因为没有做成革命家,所以就做了作家"。即便在文学道路上,他也将自己的文学工作与政治结合在一起。

茅盾曾坦言,早在1919年年底,他便开始接触马克思主义思想。由于茅盾积极参加撰稿和翻译,表现出鲜明的进步与革命思想倾向,他于1920年10月经李达、李汉俊介绍加入共产主义小组,1921年中国共产党成立,他成为第一批党员。这一时期他为党刊《共产党》翻译了大量文章,翻译的关于无产阶级的政论有《广义派政府下的教育》《俄国人民及苏维埃政府》《I. W. W. 的研究》《游俄之感想》《罗素论苏维埃俄罗斯》《一封公开的信给〈自由人〉(月刊)记者》《共产党的出发点》等。通过这一类翻译活动,茅盾向进步人士普及了有关共产主义、共产党的知识。此外,他也积极关注十月革命后的苏联无产阶级文学活动。在《小说月报》全面革新后,茅盾就在该刊新辟的"海外文坛消息"一栏中接连撰文介绍"劳农俄国"的文艺状况,对苏维埃政权下"艺术的自由发展"表示了由衷的热诚和赞美。不过在这一时期,他仍然坚持着"为人生"的基本态度。

十月革命之后的苏联,内战结束,文学领域兴起了无产阶级文学运动,并引发了1923年苏俄文艺论战。这场论战的一方是曾任俄共中央人民军事委员的托洛茨基和大型文艺、政治杂志《红色处女地》的主编沃朗斯基,他们主张重视文艺自身特性、吸纳"同路人"作家;论战的另一方以

"拉普"(RAPP)的前身"岗位派"为代表,主张文学的阶级性。"拉普"是"俄罗斯无产阶级作家联合会"(1922—1932)的简称,前期"拉普"的主要文艺作品都发表于刊物《在岗位上》,故被称为"岗位派"。20世纪20年代初,苏联关于文艺政策的这场争论激起了1928年至1929年中国关于无产阶级革命文学的论争。

早在1928年至1929年"革命文学"论争爆发前,中国文学界各派代表人物就展开了对"革命文学"的探讨或提倡。1922年,沈泽民在《〈新俄艺术的趋势〉译者附注》中指出:"一个极大的变动正在涌起……对于这种民众的反抗精神,有哪一个大文学家能替它留下一个影片呢?这个影片……终能战胜一切过去时代的文学"①。沈泽民在这里提出了革命文学的命题,认为表现革命时代的文学才是真正的文学。邓中夏指出,要能"儆醒人们使他们有革命的自觉,和鼓吹人们使他们有革命的勇气","文学却是最有效的工具"②。在他看来,文学就是政治的工具。这一时期,革命文学最有力的倡导者是蒋光慈。1924年,从苏联学成归国后的蒋光慈写出《无产阶级革命与文化》一文,文中说:"无产阶级革命,一方面是建立无产阶级政权,一方面也创建无产阶级文化,并亲手创造出无产阶级诗人"③。从蒋光慈关于无产阶级必须也能够创造自己特殊的文化这方面的论述中可以看到,他的观点和苏联"岗位派"是一致的。几个月后他写了《现代中国社会与革命文学》,激烈地指责了一批小资产阶级作家叶绍钧、郁达夫、冰心,同时热烈地呼唤能够鼓动社会情绪的、激起强烈反抗的革命文学的出现。这篇文章是中国"革命文学"论争的先声。④

---

① 沈泽民:《〈新俄艺术的趋势〉译者附注》,《小说月报》1922年第13卷第8号。
② 邓中夏:《贡献于新诗人之前》,《中国青年》1923年第10期。
③ 蒋侠僧:《无产阶级革命与文化》,《新青年》1924年第3期。
④ 艾晓明:《二十年代苏俄文艺论战之中国"革命文学"论争》,《中国社会科学》1987年第3期。

第二章 | 茅盾对外国文艺理论的接纳与创新

茅盾写的第一篇介绍无产阶级文学的文章是《苏维埃俄罗斯的革命诗人——玛霞考夫斯基》,他在这篇文章中表达了他对无产阶级文学的赞美,然而对于无产阶级文学的本质、内涵,以及无产阶级文学所肩负的任务等问题,他尚未表现出深刻的思考。最能体现他成熟思考的是《论无产阶级艺术》一文。茅盾在晚年回忆录《我走过的道路》中说,正是由于"邓中夏、恽代英和泽民等提出了'革命文学'的口号",他才"考虑要写一篇以苏联的文学为借鉴的论述无产阶级革命文学的文章",其目的,"一则想对无产阶级艺术的各个方面作一番探讨,二则也有清理一番自己过去的艺术观点的意思,以便用'为无产阶级的艺术'来充实和修正'为人生的艺术'"。[①] 为了写这篇文章,"翻阅了大量英文书刊,了解十月革命后苏联文学发展的情形"[②]。于是,从1925年5月到10月,茅盾在《文学周报》连载了长文《论无产阶级艺术》。

正如茅盾所说,他是翻阅了英文书刊后才撰写此文的。现在已经无从查证他具体翻阅了哪些资料。但是从观点、思路、论证结构等方面看,他的这篇文章很明显是在苏联文艺理论家波格丹诺夫(Alexander Aleksandrovich Bogdanov)的《无产阶级艺术的批评》英译本 *The Criticism of Proletarian Art* 的基础上加入自己的观点写成的。

波格丹诺夫的《无产阶级艺术的批评》的英译本刊登在1923年12月英国共产党(CPGB)的刊物《劳动月报》(*The Labour Monthly*)上。该文围绕"批评"一词,论述了无产阶级艺术产生的条件、无产阶级艺术的范畴、无产阶级艺术批评的对象(内容和形式),茅盾的文章结构也大致如此。在观点上,波氏认为艺术的创造得益于"活的形象""社会环境"与"自我批评"三者有机统一。茅盾基本沿袭了这一看法,并以公式表示艺术的创造来源:"新而活的意象+自我批评(个人的选择)+社会的选择=

---

①② 茅盾:《我走过的道路·上》,人民文学出版社1997年版,第318页。

艺术"。波氏认为无产阶级艺术区别于农民艺术、士兵艺术和知识分子社会主义艺术,茅盾则指出无产阶级应区别于农民艺术、革命艺术和旧有的社会主义艺术,在基本的价值判断上颇有呼应。茅盾在很多观点上沿袭了波氏此文中对无产阶级艺术的看法。

除了沿袭波格丹诺夫的观点之外,茅盾还借这篇文章梳理了他之前的文学观,阐述了文艺新潮和社会发展阶段的适应关系。茅盾在此否定了罗曼·罗兰的民众艺术观,把罗曼·罗兰的民众艺术形容为空洞的口号,并将其与资本主义制度一同抨击。他还将高尔基视作罗曼·罗兰的对立面,提倡学习高尔基和无产阶级文学。这说明,茅盾接受了无产阶级思想和马克思主义文艺观,开始探求无产阶级文学。

需要说明的是,茅盾虽然否定了罗曼·罗兰的民众艺术观,但是并没有否定"为人生"的艺术。事实上,茅盾倡导的无产阶级文艺观是对他早前的"为人生"的艺术观的进一步修正和完善。在同期写成的《告有志文学研究者》一文中,茅盾强调,他不赞成托尔斯泰等人的"为人生"的艺术观,因为他们的艺术观是没有阶级性质的。他认为"文学应当以当代的生活为对象",不能够"持其超然独立的尊严态度"。[①] 也就是说,他仍然否定为艺术而艺术的文学,仍然强调具有社会功用性的文学。所不同的是,此时他强调"文学只做了当时的统治者阶级保持其特权的工具"[②],即他此时强调文学是有其阶级性的,而不再是属于"空洞"的不分阶级的"民众"。

茅盾在《论无产阶级艺术》一文中还提到,无产阶级文学"把刺激和鼓动作为艺术的所有目的",而过分的刺激"常能麻痹读者的同情心,并且能够损害作品艺术上的美丽",[③]他提出这一判断,无疑是针对当时"鼓动社会情绪的、激起强烈反抗"而不顾作品的艺术性的革命文学。由此可见,

---

[①②] 茅盾:《告有志文学研究者》,《茅盾全集》(第18卷),人民文学出版社1989年版,第525页。
[③] 茅盾:《论无产阶级艺术》,《文学周报》1925年5—10月。

茅盾自始至终坚持文学的艺术性。

针对当时中国革命文学派的激进主张,茅盾在讨论无产阶级艺术范畴时特别强调了"革命艺术",他指出,无产阶级文艺是集体的、是注重建设的、是求取永久和平的,革命文艺却在个人复仇意识支配下追求"极端憎恨"和"单纯的破坏",因此算不得无产阶级艺术的正宗。这显然是针对当时革命文学阵营所说的。这段话为当时"革命文学"的发展敲响了警钟。

茅盾此文收获了很高的评价,被认为是代表他文艺思想发展新高度的作品。[1] 尽管他的主要观点来自波格丹诺夫的《无产阶级艺术的批评》,但是在革命文学思想暗流涌动之时,茅盾没有选择极"左"的艺术形式,而是坚持无产阶级文学作品的艺术性,对革命文学提出了一针见血的前瞻性的批评,足见茅盾在关键时刻对文学的艺术性的坚持,并没有被革命文学的呼声冲昏头脑。

有趣的是,波格丹诺夫是苏联无产阶级文化派的主要理论家,无产阶级文化派对旧文化持全盘否定态度,它与日后的"岗位派"有着共同的"无产阶级文化基因",同样采取极"左"的文艺路线。同一时期在《劳动月报》上发表的波格丹诺夫的论文除了这一篇外还有《无产阶级诗论》(Proletarian Poetry)、《宗教、艺术和马克思主义》(Regligion, Art and Marxism)、《工人的艺术遗产》(The Workers' Artistic Inheritance)等,这些文章有极"左"的阶级意识。

对于广泛参考外国期刊文献,尤其是在这一时期特别关注国外无产阶级文学的茅盾来说,他极有可能阅览了《劳动月报》上波氏撰写的所有文章。但是茅盾仅引用了波氏在《无产阶级艺术批评》中的观点,而没有

---

[1] 曾广灿:《关于茅盾早期的一篇文艺论文——〈论无产阶级艺术〉》,《破与立》1978年第4期。

沿袭无产阶级文化派对文学的认识以及波氏在其他文章中的观点,说明茅盾在心目中早已经有了比较明确的无产阶级文化发展的方向,因而在众多的无产阶级文学观点面前没有择一而终。

在此文之后,茅盾还发表了《告有志研究文学者》《文学者的新使命》等倡导无产阶级艺术的文章,这些文章都强调文学要立足现实人生,不可空谈理想,是茅盾无产阶级文艺观的具体体现。

1928年的中国革命文学论争开始后,茅盾在《从牯岭到东京》一文中表达了对国内文坛"革命文艺"运动的意见,批评当时所谓"革命文艺"的"新作品"为"标语口号文学"。茅盾还以具体的译介活动表明他这一时期的文学主张。1930年至1931年,茅盾翻译了苏联作家丹青科的中篇小说《文凭》。该作品讲述了女主人公在社会变革的大背景下,勇敢地摆脱旧制度的束缚,成为一个独立的人。1932年,茅盾专门补写一篇译后记,名为《谈谈翻译——〈文凭〉译后记》。在此"后记"中,茅盾特别强调,"作者并不曾写女主人公在晚上读了什么'革命'的书或者受了什么'革命家'的宣传,于是第二天睡醒来时就思想转变了"①,意在批驳中国革命文学者倡导的公式化和标语口号式文学;茅盾还强调作者"是一个布尔乔亚的作家",可是此文章的"创作方法"值得学习,有力地反击了当时排斥小资产阶级的极"左"倾向。

茅盾旗帜鲜明地反对极"左"无产阶级文学观,并包容了小资产阶级,对当时的极"左"倾向有一定的纠正作用,也为中国无产阶级革命赢得了群众基础。

茅盾反对极"左"倾向,除了归因于他自身对文学的清醒认知之外,还与他接触无产阶级文学的途径有关。正如茅盾自己所述,他通过英语国家的资料了解无产阶级文学的理念,因此他的无产阶级文艺观或多或少

---

① 茅盾:《谈谈翻译——〈文凭〉译后记》,《现代出版界》1932年第4期。

受英语国家无产阶级文艺观的影响。以茅盾撰写《论无产阶级艺术》所参考的期刊《劳动月报》为例。该刊物虽然为英国共产党的附属刊物,但是并不是由英国共产党出版。从内容上看,这本刊物在 20 世纪 20 年代初刊登的文章大多是对各国经济状况、共产主义运动以及工会运动发展的情况介绍,没有倾向苏联"无"产阶级文艺论战中的任何一派,这在一定程度上保证了他不受苏联极"左"文艺政策的影响。除了译介了波氏的若干篇文章外,从 1921 年到 1926 年,该刊物刊登了 12 篇托洛茨基撰写的强调文艺自身特性的文章。因此,茅盾可能通过英文刊物接触了托洛茨基一派重视文艺自身特性的无产阶级文学观并对此产生了认同。

相比之下,由于译介和接受无产阶级文艺理论的渠道问题,其他文学者对无产阶级文学产生了多样化的认识。在当时的背景下,直接通晓俄语的人才相对稀少,仅有瞿秋白、耿济之等少数人赴苏联直接接触无产阶级文学。此外,1927 年,国民政府与苏联断交,妨碍了文化交流。另一方面,当时留日学生规模较大,中日之间的文化交流更加便捷,在留日学生的积极努力下,日本文坛左翼势力对苏联文化政策的介绍很快就传播到了中国。中国也就通过日本了解了苏联无产阶级文艺观。日本的无产阶级文艺思潮吸收和发展了苏联文学的极"左"思想,代表有福本主义等,极"左"思潮正是在这样的条件下传入中国。如郭沫若提出文学"当留声机器"说,并指责当时作家们"小资产阶级的根性太浓重了,所以一般的文学家大多数是反革命派"①。

中国一些左翼作家的艺术创作也体现了这些理论思潮,比如蒋光慈的《少年漂泊者》《短裤党》《野祭》《丽莎的哀怨》《冲出云围的月亮》、华汉(阳翰笙)的《地泉》等就是用革命文学的"公式"创作的,其中充满了标语口号式文学特征。在这样的背景下,茅盾坚持文学的艺术性,坚持批判机

---

① 郭沫若:《桌子的跳舞》,《创造月刊》1928 年第 5 期。

械化、口号式、概念化创作。

在译介无产阶级文艺理论中,茅盾坚持艺术的独立性,对苏联的口号标语式文艺保持着清醒的认识,将文学的艺术性的主张贯穿始终,为无产阶级文学的健康发展做出了贡献。

四、茅盾对社会主义现实主义的倡导

从茅盾对新浪漫主义和自然主义的倡导可以看出,茅盾的文艺理论主张都是以写实为基础的。1924年,茅盾在介绍苏联文学的一则海外文坛消息——《俄国的新写实主义及其他》中,提到了"新写实主义"这一概念。然而这里的"新写实主义"指的是简洁的行文特征,而不是文学思潮或者创作方法。在《从牯岭到东京》一文中,茅盾同样秉持着同样的看法。直到1929年,茅盾写成《西洋文学通论》,在此书中,茅盾以高尔基为例,介绍了"新写实文学",指出"高尔基是把被攻击到体无完肤的写实主义在新基础上重新复活了"[1],这样的写实主义区别于茅盾早期介绍自然主义、写实主义时所介绍的"冷酷的无成心"的客观,"而是从客观的事物中找他的主观的信仰的说明"[2]。茅盾还以格拉特阔夫(Gladkov)的《水门汀》、法捷耶夫(Fadeev)的《毁灭》、李别进斯基(Libedinsky)的《一周见》《政委们》为例,展示了什么是新写实主义文学。相比于自然主义文学,新写实主义文学不仅只是提出问题,而且还提出了解决问题的办法;不再把人看作"宇宙中间一个可怜的动物"[3],而是"可以利用自然,改造环境,创造出新的世界"[4]。随着20世纪30年代,"Realism"被翻译成"现实主义",而不再是"写实主义"以及苏联"社会主义现实主义"的口号的确立,

---

[1][2][3][4] 茅盾:《西洋文学通论》,复旦大学出版社2004年版,第184页。

茅盾所指的"新写实主义"以"社会主义现实主义"这一名称确定下来，成为中国文学的发展方向。但是，茅盾不认同周扬等人片面强调的社会主义现实主义中的革命因素，因而在很长一段时间内，他坚持使用"高尔基的现实主义"这一称呼，从而与崇尚革命因素的社会主义现实主义作区分。他在《高尔基与中国文坛》一文中，强调中国进步作家"不但从高尔基的作品里接受了战斗的精神，也学习了如何爱与憎，爱什么、憎恨什么；更从高尔基的一生事业中知道了一个作家如果希望不脱离群众便应当怎样生活"①，说明了他立足现实主义、反对革命口号式文学的观点。

新中国成立后，茅盾不断探索如何指导社会主义现实主义的创作方法。1958年他在《文艺报》上发表的《夜读偶记》，探讨如何杜绝创作中的公式化和概念化现象，指出社会主义现实主义不仅是一种创作方法，也是一种世界观，现实主义可以汲取其他流派的创作方法为自己所用，杜绝"文艺中的枯燥和千篇一律"。这是他对外国文学思潮对中国影响的经验总结，也是他开阔包容的文学思想的体现。

---

① 转引自罗果夫、戈宝权编：《高尔基研究年刊（1947年）》，时代书报出版社1947年版，第217页。

第三章 | 英语转译对茅盾外国文学译介活动的影响

- 一、20世纪二三十年代的转译现象
- 二、20世纪之初英语国家翻译外国文学情况
- 三、英语转译对茅盾译介视野的扩展
- 四、英语转译与茅盾译介活动的展开方式及其文化效果

一、20世纪二三十年代的转译现象

"转译"(relay-translation)是指以非原语的译本为依据所做的翻译,所以也有人称为"间接翻译"。20世纪不少学者也把转译叫作重译,但是重译又表示在已经有一个译本的基础上再产出一个译本,这种有歧义的叫法应当予以避免。转译作为一种翻译现象很早就出现在翻译史上。西方早期的《圣经》翻译和中国早期的佛经翻译都是通过转译完成的。在各国各民族文化交流尚不充分、文化发展的早期,转译现象非常普遍。

晚清至"五四"时期,开明知识分子渴望引进和接受西方文学,但有时却不通晓对方语言,也缺乏直接文本。在这种情况下,他们会借助自己通晓的外语来转译外国作品以实现文化诉求。如梁启超通过日译本转译了法国凡尔纳的小说《十五小豪杰》,包天笑通过日译本转译了凡尔纳的小说《铁世界》,戢翼翚通过日译本转译俄国普希金的小说《俄国情史》等;周瘦鹃翻译的《欧美名家小说丛刻》,收录短篇小说50篇,除了包括英、法、美、俄、意等国家文学外,还包括一些小民族国家如匈牙利、西班牙、瑞士、丹麦、瑞典、荷兰、塞尔维亚、芬兰等国的文学,这些作品都是从英译本转译的。这一时期,翻译与创作的界限并不十分清晰,文学界对翻译文学本身的价值也缺乏深刻的认识,译作上往往不署原作者的姓名,有的译者自己也不署名,也很难分清原作者的国籍问题,转译也没有被当作一个特别的现象来加以对待。

20世纪二三十年代,茅盾继承周氏兄弟的译介传统,大力译介俄苏、中东欧和北欧小民族文学。当时,中国与中东欧、北欧等小民族国家的文化交流远远落后于中国和其他老牌帝国的交流,中国很难找到"小语种"版本书籍。[①] 清末外语培训机构如同文馆等,以及民国高校开设的外语

[①] 冯玉文:《鲁迅转译:两害相权的无奈选择》,《绍兴文理学院学报》2016年第6期。

课也限于英、美、法、德、日、俄等外语,留洋者前往的国家也基本是英、美、法、德、日、俄等国。①这导致精通"小语种"的人才匮乏,像周作人这样通晓古希腊语的人士为极个别者。因此,当时文学者若想了解小民族国家的文学,只得借助一些主要语种的译本转译。这一时期逐渐增多的欧洲小国文学,如东欧、北欧等国家的文学作品的翻译,大多是通过英文等译本转译的。茅盾共译介了30余个国家的200余篇文学作品,其中大部分是俄苏、中东欧和北欧文学作品。然而,茅盾外语能力仅限英语,且不曾留学。尽管如此,他仍凭借对英语的精通,通过当时英、美等主要英语国家的出版物,广泛了解和接触这些国家的文学作品,进而巧妙地将其"转译"到我国。

许多新文学者有转译的经历。转译不仅与译者的语言能力有关,更与译者的文化诉求有关。鲁迅通晓日语,但他不仅译介日语作品,还热衷于通过日语转译俄语文学、文艺理论作品,以及通过日语和德语转译弱小民族文学;郑振铎擅长英语,却热衷于通过英语转译俄国文学、印度文学和希腊罗马文学;冰心精通英语,又曾留学美国,但是却很少译介英语国家文学,反而借助英语转译印度诗人泰戈尔的作品。他们没有选择英、美、日等他们熟知原语的文学作品,而是通过转译去翻译那些相对来说不太受重视的国家的文学,表明了他们在引进外来文学资源上的独特的眼光,在客观上丰富了中国文学的外来借鉴资源。

新文学发展初期,由于转译现象的大量存在,转译问题进入批评家的视野。1920年,茅盾在《译书的批评》中说翻译"各宜根据原本,根据译本是不大靠得住的"②。郑振铎在《译文学书的三个问题》中说"重译的东西与直接由原文译出者相比较,其精切程度,相差实是很远","由此看来,重

---

① 李传松:《中国近现代外语教育史》,上海外语教育出版社2006年版。
② 茅盾:《译书的批评》,《时事新报·学灯》,1920年11月10日。

译的办法,是如何的不完全而且危险呀!"①这里的"重译"即转译,可见转译并不被看好。梁实秋也从翻译的忠实程度的角度论述,不赞成转译:"本来译书的人无论译笔怎样灵活巧妙,和原作相比,总像是掺了水或透了气的酒,味道多少变了。若是转译,与原作隔远一层,当然气味容易变得更厉害一些"②。1934年6月19日,穆木天在《申报·自由谈》上发表《各尽所能》一文,将通晓英文但不去译英美文学而间接去译法国文学的做法视为投机取巧,将间接翻译比作一种滑头办法。紧接着,他把直接翻译比作"一劳永逸",把转译比作"无深解"的"买办式的翻译",能"'一劳永逸'时,最好是想'一劳永逸'的办法,无深解的买办式的翻译是不得许可的"。③

以上诸位所提及的观点,实际上揭示了转译中存在的局限性和不足之处,这些局限性和不足,即便是以今天的视角来看也说得通。然而,值得注意的是,他们并没有彻底否认转译的必要性。

事实上,在当时急需借鉴外来资源的情况下,大多数文学工作者在转译这个问题上作出了妥协,尽管他们承认转译的不足,但还是支持转译。郑振铎尽管指出转译的种种不足,但他还是从实际出发,提出转译的"慎重与精审"原则。茅盾在《翻译的直接与间接》一文中说:"'直接译'或'转译'在此人手不够的时候,大可不必拘泥。"④穆木天虽然不赞成转译,但是也没有毫无保留地否定转译。他说,"我们不能无条件地说一切都可以间接翻译,我们自然也不能说须去等待着直接翻译","对于英、美、法、日诸国的文学,是需要直接翻译的。自然,俄国文学、德国文学,相当需要从英、法诸国文字翻译,而西班牙、意大利、波兰以及诸弱小民族的作品,

---

① 郑振铎:《译文学书的三个问题》,《郑振铎全集·15》,花山文艺出版社1998年版。
② 梁实秋:《翻译》,载黎照编《鲁迅梁实秋论战实录》,华龄出版社1997年版,第542—546页。
③ 穆木天:《各尽所能》,载《申报·自由谈》,1934年6月19日。
④ 茅盾:《翻译的直接与间接》,《文学》1934年第3卷第2号。

是除了间接的翻译别无办法"①。

在实际操作中,很多学者,包括对转译持反对意见的梁实秋,对于无法直接翻译的原文,最终也采取了转译的办法。考虑到当时国内缺少精通拉丁语译者,梁实秋通过英语转译了《阿拉伯与哀绿绮思的情书》等拉丁文原著,郑振铎也根据英文本翻译了泰戈尔的诗集。

然而,翻译"意味着一种文化过滤,以及由此进行的删除、选择"②。这种通过第三种语言对外国文学的译介,必然会带来这种语言和所在国家时代文化思潮的某些特征,并将这些国家的文学作品翻译中出现的改变和错讹携带到目标文本中。例如,鲁迅通过日译本翻译苏联作家法捷耶夫的长篇小说《毁灭》时,发现该书的英、德、日三个译本竟有多处不同;③郑振铎依据英文本翻译的《沙宁》经过耿济之依据俄文原本的校对,结果"发见英译本的很多脱落和故意不译之处"④;李霁野译完《往星中》后,被指出很多因英译而生的错误。此外,以英美为首的英语大国处于文化霸权地位,不甚重视外国文学的译介,往往根据他们的喜好来选译外国文学篇目和译介方式,这也会对借助英语转译外国文学的译者造成影响。

二、20世纪之初英语国家翻译外国文学情况

茅盾翻译的对象集中为19世纪末到20世纪初的外国文学。总体说

---

① 穆木天:《论重译及其他》,《穆木天文学评论选集》,北京师范大学出版社2004年版。
② 方长安:《鲁迅立人思想与日本文化》(上),《鲁迅研究月刊》2002年第5期。
③ 鲁迅:《译文序跋集》,人民文学出版社2006年。
④ 郑振铎:《郑振铎全集·19》,花山文艺出版社1998年版,第523—524页。

来,19世纪末20世纪初的外国文学呈现出多样化的态势,各种文学流派竞相发展。遗憾的是,英语国家对外国文学的译介并不平衡。由爱丁堡大学欧洲语文系教授彼得·弗朗斯(Peter France)主编的 The Oxford Guide to Literature in English Translation①(《牛津文学英译指南》,2000)揭示了英语世界译介外国文学的基本情况。从篇幅看,在这本正文624页的《指南》中,占篇幅最大的是拉丁文学、希腊文学、拉美文学、法语文学和德语文学的英译情况介绍,分别占约50页。俄苏文学、中东欧文学和北欧文学的英译情况介绍,所占篇幅较少,约各占20至30页,可见俄苏、中东欧和北欧文学的译介在英语国家并不受重视。

相比于德国、法国、俄国等国文学,19世纪末20世纪初英语国家对中东欧文学的译介不成系统且数量少,并且英译多以选集或者零星的刊物的形式出现,收录的多是短篇作品,如诗歌、民歌和短篇小说等。对于保加利亚文学的英译来说,从19世纪末到20世纪初,英语国家只在一些选集和期刊中收入了著名文学家伐佐夫(Ivan Vazov)和埃林·彼林(Elin Pelin)的短篇小说。保加利亚的主要作品中只有伐佐夫的《轭下》等几篇作品得到了翻译。② 20世纪以前,捷克文学的英译十分惨淡,直到20世纪以后,恰佩克(Karel Capek)等人的作品才开始在英语读者中间产生影响。③ 匈牙利文学的现实主义作家约卡伊(Mór Jókai)和米克沙特(Mikszáth Kálmán),浪漫主义诗人裴多菲(Petöfi Sándor)和阿兰尼(János Arany)的诗作都得到了译介。然而遗憾的是,很多匈牙利作品的翻译,尤其是诗歌翻译,并没有很好地展现原文的精彩。④ 对于波兰文学来说,19

---

① Peter France ed., *The Oxford Guide to Literature in English Translation*, Oxford: Oxford University Press, 2001, p.582.
② Ibid., pp.193-196.
③ Ibid., pp.196-200.
④ Ibid., p.104.

世纪著名的诗人密茨凯维奇(Adam Mickiewicz)、斯洛瓦茨基(Juliusz Slowacki)和诺尔维德(Cyprian Kamil Norwid)的诗作都有翻译,但是都不尽如人意。① 英语读者对波兰19世纪小说的了解大多是通过显克微支(Henryk Sienkiewicz)的作品,但是他的"历史三部曲"却没有遇到很好的翻译。② 事实上,波兰是一个文学大国,本身具有丰厚的文学传统,还诞生了显克微支这样的诺贝尔文学奖得主。③ 然而,英语国家对波兰文学的兴趣并不高。就当时波兰文学在整个英语世界的译介情况来说,"波兰文学尤为丰富多样,表现了国民性格的各个阶段,但是翻译到英语的却相对很少,许多一流作家没有得到翻译"④。至于各国的左翼先锋作家,更是很多年以后才受到关注。

北欧五国历史发展情况不一,文学发展情况不尽相同,英译情况也存在差异。但总体来说,"19世纪末,翻译斯堪的纳维亚文学在英国成为一种风尚。出于对民间文学、传说和冒险故事(saga)的兴趣,译者把北方各国塑造成神秘、充满异域风情的地方。译者强调国家的异质性,有时采用拟古的表述"⑤。

对芬兰文学来说,自从19世纪芬兰被俄国吞并后,芬兰自觉面临民族身份危机,文学便成为芬兰民族主义和身份建立的首要工具。有人提出,这种民族主义的议程使芬兰以外的人对芬兰文学失去了兴趣。也有人说,芬兰语不属于印欧语系,几乎是不可译的,尤其是不可能翻译成英

---

① Peter France ed., *The Oxford Guide to Literature in English Translation*, Oxford: Oxford University Press, 2001, p.207.
② Ibid., p.210.
③ 亨利克·显克微支于1905年获得诺贝尔文学奖。
④ 转引自 Polish Literature in English, *Library Journal*, Sep.1, 1924。
⑤ Peter France ed., *The Oxford Guide to Literature in English Translation*, Oxford: Oxford University Press, 2001, p.572.

语。这导致很多芬兰文学杰作没有得到翻译。①

对于挪威文学的英译来说,19世纪末,传统的冒险传奇故事得到了译介和推广,一批具有社会意识的作家如易卜生以及与他齐名的同时代的作家比昂松(Bjørnstjerne Bjørnson)的现代作品也开始得到广泛的译介。相比之下,汉姆生(Knut Hamsun,茅盾译为哈姆生)在英语国家的译介颇为曲折。②

对于瑞典文学来说,1909年诺奖得主拉格洛夫(Selma Lagerlöf)的大量作品得到了译介,然而,"当时大多数的译者都没有捕捉她的叙事天赋"③。例如,她的第一部小说《尼尔斯骑鹅历险记》革新了瑞典的叙事文学,但波林·弗拉赫(Pauline Bancroft Flach)的翻译,"将拉格洛夫扣人心弦的故事变成了一个拖沓的传奇剧"④。这可能与当时美国盛行传奇剧有关。瑞典著名作家斯特林堡在20世纪之初的英国并没有受到太多关注,但是他在美国就很受欢迎,这部分归功于居住在美国的瑞典移民进行的翻译和推动活动。斯特林堡于1912年逝世后,他的作品得到了大量的英译,而这又是经过其他语言转译的,如他的自传《仆人的儿子》和小说代表作《红房间》,都是通过德语转译到英语的。不幸的是,他的德语译者艾米尔·谢林(Emil Schering)"并不能完美地诠释原文,经常不能成功地重现斯特林堡个性化的风格和句法使用"⑤。

由此可见,英语转译一方面扩大了茅盾的选本范围,使他可以接触非英语国家的作品;另一方面,英语国家对外国文学的翻译选择和策略,都对茅盾接下来的译介工作产生了影响。

笔者通过多重比照研究,大致确立了茅盾所选择的译本及其译者。

---

① Peter France ed., *The Oxford Guide to Literature in English Translation*, Oxford: Oxford University Press, 2001, p.567.
② Ibid., p.572.
③④⑤ Ibid., p.578.

就茅盾对俄苏文学的译介而言,茅盾主要译介了 19 世纪末 20 世纪初批判现实主义作家的作品,如托尔斯泰、契诃夫、莱蒙托夫、高尔基、萨尔蒂科夫及勃留梭夫等人,还有卫国战争时期多位作家的作品。其中,契诃夫的短篇小说有四篇:《在家里》译自加奈特夫人翻译、1916 年初版于纽约麦克米伦公司(The Macmillan Company)的短篇小说选 *The Duel and Other Stories*;《卖诽谤的》和《这女人是谁》译自戈德堡(Isaac Goldberg)和施尼特凯德(Henry T. Schnittkind)翻译的 *Nine Humorous Tales*,1918 年由波士顿斯特拉特福德公司(The Stratford Company)出版;还有一篇《方卡》(今译《万卡》)译自塞尔脱兹(Thomas Seltzer)翻译的 *Best Russian Short Stories*,1917 年由纽约的伯尼·利夫莱特(Boni and Liveright)出版社出版。在这部短篇小说集里,茅盾还选译了高尔基的《情人》、萨尔蒂科夫的《一个农夫养两个官》。勃留索夫的《雷哀·锡耳维埃》译自他的短篇小说译文集 *The Republic of The Southern Cross and Other Stories*,1918 年由伦敦康斯特布尔公司(Constable and Company)出版。还有一些来自刊物,如萨尔蒂科夫的《失去的良心》来自当时纽约的文学刊物《当代文学》(*Current Literature*)。到了 20 世纪三四十年代,茅盾对苏联文学的译介集中在苏联卫国战争文学。这时,茅盾"由于对当时苏联的亲和感而更加向前游进一步,发展到只依据苏联的英文杂志和莫斯科外文书籍出版局印行的英译本选目"①。茅盾认为英语国家的英译本没有忠实翻译苏联文学,因此开始选用莫斯科外文局出版的英译本,而非英语国家的译本。

而对于中东欧文学,茅盾译介的波兰热罗姆斯基的《诱惑》和《暮》译自 *Tales by Polish Authors*,1915 年由牛津布莱克威尔公司(B. H. Blackwell)出

---

① 王友贵:《翻译西方与东方:中国六位翻译家》,四川人民出版社 2004 年版,第 242 页。

版,译者为贝内克(Else C. M. Benecke)。捷克尼鲁达(现通译杨·聂鲁达)的《愚笨的裘纳》译自 Short Stories From the Balkans,1919 年由波士顿的马歇尔·琼斯公司(Marshall Jones Company)出版,译者是安德伍德(Edna Worthley Underwood)。同样来自这本选集的还有匈牙利作家米克沙特的《旅行到别一世界》和捷克作家捷赫的《旅程》。安德伍德的另一本译文集 Famous Stories From Foreign Countries,1921 年由波士顿的四海公司(The Four Seas Company)出版。同时,这本选集也收录大量的东欧文学作品,茅盾从中选译了裴多菲的《私奔》和米克沙特的《皇帝的衣服》。匈牙利作家约卡伊的《跳舞会》来自 Great Short Stories of the World,1925 年由纽约的 R. M. 麦克布莱德公司(R. M. McBride & Company)出版,译者不详。匈牙利作家拉兹古比较特殊,他的《一个英雄的死》《复归故乡》不是像其他作家一样选自多位作家的作品选集,而是来自他的英译小说集 Men in War,1918 年由纽约的伯尼·利夫莱特出版社出版,译者不详。同样,匈牙利作家阿兰尼的诗作《英雄包尔》也选自他的作品集 Toldi · Toldi's Eve · Ballads · Selected Lyrics,译者威廉·洛(William N. Lobw),1914 年由纽约 Co·Operative 出版社出版。另有其他东欧诗人的诗作《梦》《坑中做的工人》《今王……》和《无限》选自 Anthology of Modern Slavonic Literature in Prose and Verse,译者斯列弗(Paul Selver),1919 年由伦敦基根·保罗、特仑奇和特鲁布纳有限公司(Kegan Paul, Trench, Trubner & Co. Ltd)和纽约达顿有限公司(E. P. Dutton & Co.)出版。

还有一些作家的作品译自刊物,如伐佐夫的《他来了吗?》译自伦敦出版的 The Slavonic Review,译者考特(Earl W. Count)。莫尔纳的《盛筵》译自 1922 年 2 月的《时髦者》(Smart Set)杂志。

北欧文学的英译相对于东欧文学来说情况稍好。北欧文学家的作品出现在英语国家杂志上和整合多人作品的选集中,许多文学家的整本文集也得到了英译出版。茅盾译介了较多的反映社会问题的北欧作品和名家作品。斯特林堡的《他的仆》《强迫的婚姻》来自施洛依斯纳（Ellie Schleussner）翻译的斯特林堡的短篇小说集《结婚集》（*Married: Twenty Stories of Married life*），1913年由伦敦的弗兰克·帕尔默红狮球场公司（Frank Palmer Red Lion Court）出版；《人间世历史之一片》来自他的作品集 *Easter and Stories*，译者为霍华德（Velma Swanston Howard），1913年由纽约麦克布莱德与纳斯特公司（McBride, Nast & Company）出版。拉格洛夫的《圣诞节的客人》《罗本舅舅》选自她的短篇小说集英译 *Invisible Links*，译者弗拉赫（Pauline Bancroft Flach），1909年由波士顿小布朗公司（Little, Brown and Company）出版。瑟德尔贝的《印第安水墨画》译自他的短篇小说集 *Short Stories*，译者不详。此外，部分作品选自期刊，比如挪威博耶尔的《卡利奥森在天上》这篇佳作，便是译自纽约的知名刊物《书商》（*The Bookman*）。茅盾还翻译了多篇北欧诗作：芬兰诗人鲁内贝格的《莫扰乱了女郎的灵魂》《笑》《泪珠》；瑞典诗人巴士的《"假如我是一个诗人"》，阿特博姆的《佛列息亚底歌唱》，泰格奈儿的《永久》《季候鸟》《辞别我的七弦竖琴》，雷德贝里的《浴的孩子》《你的忧悒是你自己的》，均精选自 *Anthology of Swedish Lyrics*，译者为斯托克（Charles Wharton Stork），于1917年由纽约美国斯堪的纳维亚基金会和伦敦汉弗瑞·米尔福德（Humphrey Milford）、牛津大学出版社联合出版。

由此可见，茅盾在20世纪二三十年代翻译外国文学时借助的英译本主要是英美国家出版的英译文学选集。英美国家对外国文学的翻译对借助英语转译的茅盾有何影响？这是接下来两节将要探讨的问题。

三、英语转译对茅盾译介视野的扩展

19世纪末20世纪初，在外国文学译介资源和人手缺乏的情况下，国人能接触到中东欧、北欧等小国文学,使自己获得的外来文学资源不再局限于英美法等国家,这要归功于英语、日语、世界语等中间语译本。周作人对英译本的重要作用深有体会。周作人正是因为购得育珂摩尔(即约卡伊·莫尔)的小说英译本,从而关注翻译弱小民族文学作品的英译者倍因(R. Nisbet Bain)和出版弱小民族文学英译的伦敦杰洛德父子书店(Jarrold and Sons),从而对匈牙利、波兰文学产生兴趣。① 周作人自己曾表示,倍因算是他的先生,因为倍因教周作人"爱好弱小民族的不见经传的作品",使他"在文艺里找出一点滋味来,得到一块安息的地方"。② 可见英语译本对于文学资源相对贫乏的背景下的中文世界,有着举足轻重的意义。

尽管茅盾通晓英语,但他并不满足于仅翻译英语国家的文学作品,相反,他的目光投向了更为广阔的全球文学。通过英语转译,他的视野得以拓宽,满足了他对世界文学的渴望,尤其是对小民族文学的热爱。这一做法不仅扩大了他的译介范围,也极大地丰富了他的译介资源。

茅盾对意第绪语文学的译介就是典型的例子。意第绪语是流散的犹太民族使用的一种语言。20世纪初的意第绪语文学复兴发生在纽约③,茅盾正是通过当时美国出版的英译本接触到意第绪语文学。他同情犹太民族"被损害"的遭遇,他还一度误把意第绪语当作犹太人的白话,为配合中国白话文运动,将意第绪语文学复兴的案例引入中国。④ 为此,他撰写《新犹太文学概观》一文介绍希伯来作家作品,并通过英语转译了佩雷茨(Isaac Leib Peretz)的短篇小说《禁食节》、肖洛姆·阿莱汉姆(原名 Solomon Naumovich Rabinovich,笔名 Sholem Aleichem)的短篇小说《贝诺思亥尔

---

① 宋炳辉:《弱势民族文学在现代中国:以东欧文学为中心》,北京大学出版社 2017 年版,第 28—29 页。
② 同前,第 29 页。
③ Isaac Goldberg, "New York's Yiddish Writers", The Bookman, Vol. 46, 1918, pp. 684 – 689.
④ Ibid.

思来的人》、平斯基(David Pinski)的短篇小说《拉比阿契巴的诱惑》和剧本《美尼》《波兰——一九一九年》，以及阿胥(Sholem Asch)的剧本《冬》①。这些都是通过茅盾的转译传播到中国，使国人了解了意第绪语文学。

　　瑞典作家斯特林堡的短篇小说集《结婚集》中有对圣餐的冒犯和妇女运动的攻击情节，他曾因亵渎诽谤宗教罪被送上法庭，受到了不公正的审判，作品在本国也受到抵制。然而，他却是英语国家中备受认可的作家，作品英译版本众多。茅盾翻译过斯特林堡的作品，但他选择的其他小国文学都来自英语国家的翻译结集，可斯特林堡的作品却主要来自他的瑞典语作品集的完整英译本(如短篇小说集《结婚集》和作品集《复活节及其他》②)。由于英语国家对斯特林堡的译介工作做得相当充分，茅盾得以对其作品有更深入的了解，并相应地进行了更为全面的译介工作。"五四"新文学运动时期，茅盾倡导妇女改革，译介国外反映妇女解放的文章，先后在《时事新报·学灯》《妇女杂志》《小说月报》刊登了斯特林堡的短篇小说《他的仆》《强迫的婚姻》《人间世历史之一片》和剧本《情敌》等译作，并在《对于黄蔼女士讨论小组织问题一文的意见》和《近代戏剧家传》中介绍了斯特林堡对妇女运动的观点。茅盾在20世纪20年代初的妇女解放运动中非常活跃，撰写和译介了大量关于妇女运动的文学作品。在茅盾的创作生涯中，他对女性形象的刻画非常成功，这都得益于他早期对斯特林堡等人有关于妇女问题的作品的译介。相比于易卜生对妇女解放的观点，茅盾更欣赏斯特林堡对妇女解放的观点。茅盾曾在《对于黄蔼女士讨论小组织问题一文的意见》一文中表示，20世纪20年代前后中国妇

---

① 依次发表于《小说月报》1921年第12卷第10号、《小说月报》1921年第12卷第7号、《小说月报》1921年第12卷第10号、《小说月报》1922年第13卷第1号、《小说月报》1921年第12卷第8号、《小说月报》1922年第13卷第9号、《小说月报》1921年第12卷第9号。

② August Strindberg, *Easter and Stories*, Velma S. Howard trans., Cincinnati: Stewart Kidd company, 1912.内收录有斯特林堡的剧作和短篇小说。

女解放的情形并不容乐观,因为他发现,至少有一大半女子是"套上文明的假面孔,实行他的'懒惰'主义"①。紧接着茅盾以斯特林堡短篇小说集《结婚集》中的 *A Doll's House*② 为例,证明第一次世界大战以前的女权运动的不堪状态。茅盾通过英语转译的斯特林堡的短篇小说《他的仆》同样讲述了一个空谈女性解放但毫无自立能力的女性在家庭中的窘境。易卜生的《玩偶之家》在 20 世纪初的中国的确引起了家庭的革命,但是易卜生提出的妇女解放运动是一个"无法解决"的问题,无法彻底改变女性的命运,这一点鲁迅在 1923 年的《娜拉走后怎样》一文中对女权运动进行了详细而深刻的论述。同样,坚持"为人生"的文学、关注文学与社会关系的茅盾,也通过斯特林堡的作品洞察到了欧战之前妇女解放运动的挫败与空谈的本质。他对于斯特林堡的译介正说明了这一点。茅盾在文学创作中塑造的女性形象如慧女士、孙舞阳、章秋柳,皆是性格刚强、浪漫、务实,思想开放的新女性形象,这很大程度源于他早期译介斯特林堡等人的女性题材的作品而受到的启发。

1920 年,茅盾在倡导翻译自然主义文学时,曾提议翻译斯特林堡的 *At the Edge of the Sea*(《在海边》)、*Miss Julia*(《朱丽小姐》,茅盾译为《裘丽亚小姐》)、*The Father*(《父亲》,茅盾译为《父》),并在 1921 年翻译了短篇小说《人间世历史之一片》,并在译后记中写道:"从《红屋》《结婚集》及《父》《裘丽亚小姐》等作看来,史特林褒格是个自然派的小说家。但是他的《梦曲》和《大道》等却又是象征的和神秘的作品了"③。茅盾能对这位在瑞典本国并不得志的作家有如此全面的了解,并且在自己文学

---

① 茅盾:《对于黄蔼女士讨论小组织问题一文的意见》,《茅盾全集》(第 14 卷),人民文学出版社 1987 年版。
② 此篇为斯特林堡短篇小说,非易卜生的同名剧《玩偶之家》。
③ 茅盾:《人间世历史之一片》译后注,《茅盾全集》(第 32 卷),人民文学出版社 2001 年版。

思想发展的主要阶段都涉及他的作品,在很大程度上得益于英语国家对其作品的大力译介。

四、英语转译与茅盾译介活动的展开方式及其文化效果

英语转译在开阔了茅盾的译介视野的同时,也使茅盾的译介活动带有英语世界的种种印迹。茅盾自己曾意识到利用英语转译可能存在的问题。他在所翻译的弱小民族短篇集《桃园》的前言中说:"照英美人那种一贯的不大看得起弱小民族文学的态度而言,我这里所有的一些材料的英文译者大抵不是怎样出名的'专家',例如 C. Garnett(加奈特)之于托尔斯泰;然而也并不乏值得赞美的专心介绍弱小民族文学的译手,例如 Underwood(安德伍德),只可惜这本集子里所收的,从他那边转译过来的非常之少。"① 这说明,茅盾意识到英美国家轻视小民族文学、译介质量参差不齐的状况,以及这种状况对他的翻译有可能造成影响。另一方面,茅盾当时所依凭的外国文学发展信息和作品,主要就是商务印书馆涵芬楼所购置的外文书籍和报刊,尽管这些外文馆藏是当时国内最好的,但今天看来仍是有限。这必然对借助英语转译外国文学的茅盾造成了相应的影响。

英语转译对茅盾造成了多方面的影响。例如,一些作家因为英语国家的译介数量较少,从而制约了茅盾的译介工作。以对波兰作家热罗姆斯基(Stefan Zeromski)的译介为例。茅盾当时选译波兰文学参照的英译本为 *Tales by Polish Authors*,该选集的编译者为贝内克(Else C. M. Benecke)。译者前言交代,"在此卷所收录的波兰当代作家中,只有显克微支为英格兰

---

① [土耳其]哈里德:《桃园》,茅盾译,《文学·弱小民族文学专号》,1934 年 5 月 1 日。

所熟知。尽管热罗姆斯基、希曼斯基和谢罗谢夫斯基的作品在波兰广为接受,然而就译者所知,他们当中还没有一个人的作品得到英译"①。在这样一本当时罕见的波兰文学选集中,只有少数作家的零星作品被英译。连热罗姆斯基这样的"青年波兰"杰出代表,被誉为"现代人的精神领袖""波兰文学的良心"的作家,也只有早期短篇小说《诱惑》和《暮》得到了译介。正如茅盾在《诱惑》译者序中所说:"Stefan Zeromski(热罗姆斯基)是现代波兰著名作家,和 Adam Szymanski(希曼斯基)等齐名,他的著作德法译本很多,英译很少。"②由于热罗姆斯基的代表作没有英译本,茅盾只得译介热罗姆斯基的早期作品——短篇小说《诱惑》和《暮》,而他的代表作长篇小说《灰烬》《忠实的河流》都没能及时译介,而热罗姆斯基"现代人的精神领袖""波兰文学的良心"的形象也未能在茅盾的译介中得到完整体现。

另一个例子是芬兰国民诗人鲁内贝格(Johan Ludvig Runeberg)。19世纪后,芬兰文学的民族主义倾向日益突出。有人提出,这种民族主义的议程使芬兰以外的人对芬兰文学失去了兴趣。也有人说,芬兰语不属于印欧语系,几乎是不可译的,尤其是不可能翻译成英语。这导致很多芬兰文学杰作没有得到翻译。③ 芬兰爱国作家鲁内贝格是这一时期文学的杰出代表。他的历史剧和诗作为后来的民族建设奠定了坚实的基础。他的爱国诗歌《我们的祖国》(*Vårt land*)在芬兰独立后被定为国歌。然而,包括这首诗在内的他的爱国诗集《军旗手斯托尔之歌》(*Fältskärns Berättelser*)

---

① Translator's Note, *Tales by Polish Authors*, Else C. M. Benecke trans., Oxford: B. H. Blackwell, Broad Street, 1915.
② 初刊于《时事新报》副刊《学灯》(1919年12月18日),署名为:波兰 Stefan Zeromski 原著,沈雁冰转译。
③ Peter France ed., *The Oxford Guide to Literature in English Translation*, Oxford: Oxford University Press, 2001, p.567.

直到1925年才由肖（Clement Burton Shaw）翻译到英语世界。① 这也难怪茅盾在1921年译介鲁内贝格时只翻译了《莫扰乱了女郎的灵魂》《笑》《泪珠》三首短诗，三者均选自1917年出版的诗集 Anthology of Swedish Lyrics。正是因为选材的问题，鲁内贝格的民族诗人的形象在茅盾的译介中并没有得到具体体现。

英语世界在对其他国家作家作品的解读中存在的曲解现象，无疑也影响了茅盾的判断。挪威作家汉姆生（茅盾译为哈姆生）是现代小说发展史上的重要人物，他也是1920年诺贝尔文学奖获得者。19世纪末20世纪初，汉姆生在德俄颇受欢迎，他的《饥饿》问世几个月后就被译成德语，《神秘》《浅土》也在1894年被译成德语出版，《牧羊神》问世一年后就有了德文版。② 在俄国，俄文版《饥饿》于1892年问世，后又陆续译出了《牧羊神》《维克多利娅》以及几部剧作。相比之下，在1920年以前，只有两部作品被译成英语：《饥饿》出版于1899年，另一部作品《浅土》（当时译为 New Earth，现通译 Shallow Soil）在1914年英译出版，两书既没有获得商业上的成功，也没有获得很大的影响力。③《饥饿》译成英语后还收获了相当多的负面评价。④ 事实上，作为汉姆生现代主义手法的处女作和代表作，它以极为细腻、生动的笔触和近似意识流的手法，描述了一位穷困潦倒、以写作谋生的青年在饥饿状况下所产生的奇特幻想和表现出的种种狂态。而赢得1920年诺贝尔文学奖的《大地的生长》（茅盾译为《土之生长》）虽在颁奖几个月之前就已译成英语，但真正获得英语世界的关

---

① Peter France ed., *The Oxford Guide to Literature in English Translation*, Oxford: Oxford University Press, 2001, p.567.
② Peter Fjågesund, *Knut Hamsun Abroad: International Reception*, London: Norvik Press, 2009, pp.37–64.
③ Ibid., p.65.
④ Ibid., pp.66–67.

注,还是在获奖之后。至于《神秘》《维克多利娅》等其他优秀之作,也是在获奖之后才得到译介。

汉姆生是茅盾早期大力译介的作家。因为汉姆生作品多为长篇,茅盾尽管没有具体翻译过其作品,但在20世纪20年代初就集中多次撰文介绍。《小说月报》"海外文坛消息"栏目的第一篇文章就是《脑威文豪哈姆生(Hamsun)获得一九二〇年的诺贝尔文学奖奖金》,显然作者的获奖和英语世界的推崇是茅盾译介的重要因素。而且,将《土之生长》视为汉姆生的代表杰作,是延续了英语国家的判断,这就导致对汉姆生的介绍总体上难以深入。如在谈及《饥饿》(茅盾译为《饿者》)时写道:"这本书是描写一个理想家在现代的社会中谋不到一个职业,常常饿得几乎要死的情景;这本书自头至尾,通是描写这个饿者的情绪,感触,梦想,幻念以及动作。"①这没有突出这部作品现代主义的特质,更没有把他当作现代主义的奠基者来介绍(需要注意的是,此时正值茅盾大力倡导新浪漫主义的时期),这与当时英语国家的译介不无关系。

英语转译也会影响原作语言风格的传达。斯特林堡的英语译者霍华德(Velma S. Howard)被赞笔触"轻柔、细腻",但"检查她翻译的 *Ett halvt ark papper*,却发现这几乎是字对字的转换,原文的词语驾驭能力几乎没有体现出来"②,而茅盾正是借助霍华德的英译本 *Half a Sheet of Paper*③,将此短篇小说译成《人间世历史之一片》,刊登于1921年《小说月报》。下面以此为例稍作分析。

作为斯特林堡的短篇小说代表作,《人间历史之一片》以简洁的笔触,

---

① 茅盾:《哈姆生的〈饿者〉》,《茅盾全集》(第31卷),黄山出版社2014年版。
② Peter France ed., *The Oxford Guide to Literature in English Translation*, Oxford: Oxford University Press, 2001, p.581.
③ August Strindberg, *Easter and Stories*, Velma S. Howard trans., Cincinnati: Stewart Kidd company 1912.

仅用500多个瑞典语单词，叙述了主人公与妻子两年由甜到苦、由欢聚到阴阳两隔的悲剧生活，结尾的戛然而止，余味无穷。然而，英译者忽视了不同语言的不同表达特色，没有将原文所表现的小夫妻二人生活的波澜起伏的基调传达出来，而且还有不少误译，这些都间接影响了茅盾的中译。

如英译本将瑞典原文中"fästmös"（未婚妻）译成 sweetheart（心上人），茅盾的中译又错上加错，干脆译成"情人"，这种曲解极大地改变了原文的人物关系、情感类型与强度，导致与后文中订婚、结婚等情节在逻辑上失去了连贯性和一致性。

又如，瑞典语原文中有关男主人婚后失业又重新工作的一段叙述：

原文：Därpå stod：Banken. Det var hans arbete, det heliga arbetet, som gav brödet, hemmet och makan, grunden till existensen.// Men det var överstruket! Ty banken hade störtat, men han hade räddats över på en annan bank, dock efter en kort tid av mycken oro.

英译文：Underneath was scribbled Bank. It was there his work lay, the sacred work which for him meant bread, home, family — the foundations of life. A heavy black line had been drawn across the number, for the bank had failed, and he had been taken on at another, after a short period of much anxiety.

茅盾译文：其次便是："银行"。这是他的工作，是供给他和她面包及一个家庭的神圣的工作。但是这个字（银行）上画着十字叉的记号，因为这家银行早已倒闭；经过了短时期的心焦的赋闲，后来他在别家银行内办事了。

原文通过一个短促的感叹句（Men det var överstruket!）、转折词（dock）等手段充分展现了命运的突变、无常以及主人公的无奈，表现了这对小夫妻同甘苦、共患难的精神，也凸显了男主人公对亡妻的珍惜和怀念。但英译者把这一感叹短句与下句合并成一个长句译出，就改变了原文所体现的节奏感，无法表现命运突变的意味。最后一个短句中的"dock"（然而）也被连词"and"替代，没有凸显这段经历的起伏与多舛。相应地，茅盾的中译也承续了英译本的平铺直叙，没有丝毫表示转折的语词或手法，也就无法表现原作的叙述语调。

另外，英译本中表示时间顺序的副词使用也有问题。瑞典语原文中，在叙述夫妇二人订婚、乔迁和最后死别时，分别用 så、därpå、sedan（均表示"之后"之意，体现了原作者用语的丰富性）三个时间副词连接。而英译则一律用"then"来对应，显得平淡乏味。相应地，茅盾在中译中也就连用三个"其次"来衔接，明显受到英译本的影响。

从以上简单对比分析可以看出，英译文不仅存在误译，而且表述平铺直叙，没有很好地体现出原作的叙述语调，也没有充分表现出主人公面对生活磨难而相濡以沫的生活态度。茅盾受其限制，在汉译中也难以完全摆脱英译本平淡无奇，且缺乏连贯性的特点，不能不让人感到遗憾。

第四章 | 编辑事业与外国文学译介

- 一、《小说月报》与外国文学译介
- 二、意识形态影响和审查制度下的《文学》
- 三、第一本翻译专刊《译文》
- 四、新中国成立后《人民文学》和《译文》对外国文学的译介

第四章 | 编辑事业与外国文学译介

现代文学史上,报刊对文学家举足轻重,文学期刊本身就是文学构成的一部分。朱德发教授曾说:"几乎所有现代作家都办过期刊……现代文学文体特点以及作家个人创作风格和流派风格的形成都与期刊密切相关。"[①]在考察茅盾与外国文学译介的关系时,"编辑"身份非常重要。茅盾一生有两个翻译高产时期。第一个是他在商务印书馆供职,主编《小说月报》的前后十年时间(1917—1927);另一个是20世纪30年代成为左联领袖后参编《文学》《译文》杂志期间。这说明,刊物对茅盾的译介实践起到了非常大的推动作用。他的译介内容与编辑方针有着密切的关系,主编、参编刊物也为他提供了稳定的译介发表平台,激励了他的外国文学译介活动。茅盾不仅是译介外国文学的实践者,还是一位组织者,他通过编辑刊物,给他人提供了译介外国文学的平台。新中国成立后,他主编的《人民文学》和《译文》(1959年后更名为《世界文学》)为外国文学的译介作出了巨大的贡献。本章以茅盾参编与外国文学译介活动有关的期刊为切入点,分析茅盾的文学译介活动与外部因素的关系。

一、《小说月报》与外国文学译介

茅盾译介外国文学的第一个高峰时期是1917年至1927年。这一时期他的翻译工作与几本刊物有密切的关系。1916年茅盾初入商务印书馆,在从事了一段时间的翻译工作后,被选中协助朱元善编辑《学生杂

[①] 李拉利,周宝东:《"回顾与展望——中国现代文学研究学术研讨会"综述》,《鲁迅研究月刊》2005年第7期。

志》。彼时《学生杂志》需要刊登适合中学生阅读的科学类的译文,茅盾遂为《学生杂志》翻译了英国科幻作家威尔斯的科幻短篇小说《三百年后孵化之卵》,这也是茅盾在报刊上发表的第一篇译作。之后,茅盾在《学生杂志》上刊登的译作还有美国洛赛尔彭特的科幻小说《两月中之建筑谭》,剧本《求幸福》,萧伯纳的剧本《地狱中之对谈》等。在朱元善有意识的期刊内容策划和引导下,茅盾开始更加深入地研究国外书刊,这不仅丰富了他的学识,也有效培养了他的编辑意识。"五四"运动爆发之后,茅盾开始翻译和介绍大量的外国文学作品。除了在《学生杂志》登载适合学生阅读的外国作品之外,茅盾还先后在《学灯》上刊登了《在家里》《卖诽谤者》《界石》《月方升》等十多篇短篇小说和剧本的翻译,并在《解放与改造》上发表了梅特林克的剧本《丁泰琪的死》等译作。此时的茅盾,虽然还没有主编刊物,但是由于他的投稿经历使他已经意识到刊物定位和稿件的关系,并且逐步培养了编辑的思维方式。

在这时,商务印书馆名下向来以刊登旧派文人作品为主的刊物《小说月报》寻求改革。改革前的《小说月报》以"说丛""弹词""文苑""杂载""瀛谈"和"插画"等栏目为主,除了"瀛谈"涉及科学小说及鸳鸯蝴蝶派小说的翻译之外,其余栏目均以中国传统文学为主要内容,后来在茅盾的参与下有了"小说新潮"这一翻译介绍外国文学的栏目和"文学新潮"这一尝试新文学创作的栏目。在茅盾主持"小说新潮"栏目一年后,1921年《小说月报》迎来了全面改革,茅盾成为《小说月报》主编,开始了他大刀阔斧的改革和外国文学译介工作。上任伊始,他就给《小说月报》确立了高端前沿的定位,他在给李石岑的信(1921)中说到,希望读者与同仁以英国的 Athenaeum,美国的 Dial,或是法国的 Mercure de France 的标准来评判《小说月报》,并给予意见和建议。向国外刊物看齐,体现了年轻时的茅盾的世界性眼光和建设中国新文学的远大抱负。改革后的《小说月报》的主要栏目更改为"创作""译丛""海外文坛消息""通讯""插图"及"附录"等。其中,"译丛"

第四章 | 编辑事业与外国文学译介

"海外文坛消息""通讯"和"插图"等都与翻译和介绍外国文学有关,这部分占据了《小说月报》一半以上的版面,足见茅盾对外国文学的重视。

《小说月报》之所以倾向于外国文学译介,是因为尽管当时"五四"运动已经过去了两年,但是新文学却依然发展缓慢且缺乏好的作品。正如茅盾在《〈中国新文学大系·小说一集〉》的"导论"中回忆道,1918年鲁迅的《狂人日记》在《新青年》上出现后,既无第二个同样惹人注意的作家,更找不出同样成功的第二篇小说作品,直到1921年春仍是如此。① 从《小说月报》的来稿看,"想在'新文学'的小说部门'尝试'的青年们的作品,至多不过10来篇,而且大多数很幼稚,不能发表"②。因此,大力译介外国文学,为中国文学创作提供外来借鉴资源成了《小说月报》的自觉使命。1922年6月11日《时事新报·文学旬刊》第40期上有茅盾以"真"为笔名发表的《读〈小说月报〉第十三卷第六号》一文,说"《小说月报》是兵站,它把西洋的文学杰作翻译过来,介绍西洋文学原理,西洋文学近况,专为那已经觉悟的人做进一步的研究用的"③,这充分说明了《小说月报》在当时文学场中译介外国文学的角色、作用和定位。除了专门刊登翻译作品的"译丛"栏目外,《小说月报》还设有"海外文坛消息"和"通讯"等栏目,这些栏目实时介绍了外国文坛的动态,极大地拓宽了中国文坛的视野。

商务印书馆是一个近现代的民办商业出版社,旗下有多本杂志,比较著名的有《东方杂志》《小说月报》《妇女杂志》等。《小说月报》创办于1910年,原本是旧派鸳鸯蝴蝶派文人的阵营,1919年实行半革新,1920年正式革新,茅盾正是在这样的情况下临危受命,成为主编。正是因为商务印书馆对革新的支持,茅盾才得以大力译介外国文学。翻译研究学派

---

①② 茅盾:《中国新文学大系·小说一集》,上海文艺出版社1935年版。
③ André Lefevere, *Translation/History/Culture: A Sourcebook*, London:Routledge, 2002.

的代表人物勒菲弗尔在研究影响翻译的因素时,特别提到了"权力、意识形态、机构组织以及操纵之类的问题"②。他指出,在文学系统中,翻译的功用由三种主要因素决定:1. 文学系统内的专业人员;2. 文学系统外的赞助者;3. 处于主流地位的诗学。赞助者在翻译领域发挥了重要作用,决定什么样的文本可以被翻译,什么样的不可以被翻译,以及具体的翻译形式;赞助者为接受他们"赞助"的人提供稿酬和翻译费并对他们的活动表示支持,而作为回报,被赞助者通常要满足赞助者的要求。①

商务印书馆作为《小说月报》的出版机构,扮演了《小说月报》翻译活动的赞助者的角色,对茅盾的翻译活动提供了社会地位和经济支持。茅盾答应接任主编职务的条件之一,就是馆方应当给予全权办事,不能干涉茅盾的编辑方针,这就意味着商务印书馆在编辑方针上并不能给茅盾造成影响,这使当时初出茅庐的茅盾比同辈人更早地获得了便宜行事的文化资本。相比之下,他的同辈人郑振铎等要等到更晚的一个时期才获得这样的机会。郑振铎虽然早前已有《新社会》刊物,然而此刊终究局限于学生群体,其影响力颇为有限,不久后,因思想过于激进,该刊物遭到查封。此外,郑振铎参与创办的另一本新文学刊物《人道》,也因为缺乏经费,在出版前便无奈停刊。直至1921年5月,郑振铎方得以主持《时事新报》的副刊《文学旬刊》,但是这个刊物的影响力,显然未能与《小说月报》相提并论。

商务印书馆原本是一个秉持保守理念的出版机构,但在当时新思潮的猛烈冲击下,也不得不开始谋求革新。这种革新的步伐,在某种程度上,透露出一种"被迫"的意味。在改革之前,由于新思潮的广泛传播,商务印书馆旗下的各个刊物已经逐渐无法满足社会的多元化需求,销量大

---

① André Lefevere, *Translation/History/Culture: A Sourcebook*, London: Routledge, 2002.

幅下滑,甚至濒临淘汰。因此,商务印书馆想打出革新的招牌,塑造积极的形象,为刊物吸引更多的新兴读者群体。为了实现这一目标,他们毅然决然地选择了茅盾这样有新思想的新人,尽管他资历尚浅,但是新思想和观念却为商务印书馆注入了新的活力。茅盾以借鉴外国文学、建设新文学为口号主编《小说月报》,帮助商务印书馆重塑了新形象,获得开明人士和渴望学习的外国人的支持,提高了刊物的销量。因此,商务印书馆与茅盾是互惠互利和相互成全的关系。通过支持《小说月报》的革新和发展,商务印书馆逐渐革除了它守旧的形象,扩大了自己的影响力,展现了自己支持新文学的风貌,赢得了许多新派人士和读者的好感,从而提高了刊物的销量和收入,而对于茅盾来说,他也实现了译介外国文学的理想抱负。

茅盾在成为《小说月报》主编的同时,参与创立了文学研究会,改版后的《小说月报》第一期刊登了《文学研究会宣言》和《文学研究会简章》,《小说月报》所刊载的稿件大部分是文学研究会成员所撰译。在译介选择上,《小说月报》以文学研究会倡导的"为人生"的文学为主。相较之下,尽管创造社同样倡导新文学,但由于与文学研究会的观点存在冲突,因此并未获得类似的支持。创造社的会刊《创造》季刊(1922—1924)以及接续它的《创造周报》(1923—1924)由泰东图书局发行。泰东图书局当时由赵南公主持,为了转变书局的经营路线,实现利益增长,他选择了那些未获得出版社支持、濒临破产边缘的创造社成员,并邀请他们担任《创造》的主编。然而,该刊印刷质量不尽如人意,错别字屡见不鲜;其次,分销网络不及商务印书馆庞大,导致市场覆盖范围有限;再者,定价偏高,广告繁多,使得读者购买意向降低。这些因素共同导致了《创造》的销路不好,加之对创造社经济上的苛求,使得《创造》在存续了几年之后就被迫停刊。①

---

① 张冠华、张鸿声、樊洛平等:《西方自然主义与20世纪中国文学》,中央编译出版社2007年版。

相比之下,商务印书馆的分销网络颇为庞大,有助于扩大其所登载文章的影响力。正是在商务印书馆的有力支持下,《小说月报》成为中国现代文学期刊中存续时间最长、影响力最大的文学杂志。《小说月报》发刊一直延续到1932年"一·二八事变"之后才停刊。相较于其他刊物,《小说月报》的长期存续也成就了文学研究会诸成员的文学事业。

如果说商务印书馆作为出版机构,给予了茅盾社会地位上的肯定,并在外国文学译介事业上提供了经济上的赞助,那么文学研究会则从诗学方面对茅盾的译介事业产生了很大影响。勒菲弗尔将主流诗学剖析成两种成分:文学方法:包括整个文学体裁、符号、主题,以及典型情况与特征;文学的作用的概念:文学与它所处的社会制度的关系。[①] 文学研究会与茅盾在对文学主题和文学作用的认识上表现出了一致的步调,建立了相互成全的关系。

早在文学研究会成立之前,茅盾在《现在文学家的责任是什么?》[②]等文章中,就表明了"为人生"的文学观。1921年1月10日,改版后的《小说月报》第一期刊登的《文学研究会宣言》声称,"文学……是于人生很切要的一种工作;治文学的人也当以这事为他终身的事业",表明了文学研究会"为人生"的文学宗旨。茅盾与文学研究会的理念高度契合,他们携手并肩,共同前行。

茅盾之所以选择加入文学研究会,除了双方在理念上的高度契合外,还因为他期望通过这一平台获得文学研究会的稿件支持,并赢得更多新文学者的支持和认同。茅盾接任《小说月报》主编并向商务印书馆提出弃用旧稿,这就意味着他必须自己搜集新文学作品进行补充。这时,郑振铎邀请茅盾加入正在筹备的"文学研究会",这一举措恰好契合了茅盾打入

[①] [英]杰拉米·芒迪:《翻译学导论·理论与实践》,李德凤译,商务印书馆2007年版,第182页。

[②] 茅盾:《现在文学家的责任是什么?》,《东方杂志》1920年第17卷第1号。

文学圈、争取更多稿源的意图。就这样，茅盾将文学研究会作为了改版后的《小说月报》的稿件来源。改版后的《小说月报》第一期，就有冰心、叶绍钧、许地山、瞿世英及王统照等五位文学研究会成员的创作各一篇，还有文学研究会成员周作人的文论《圣书与中国文学》，以及耿济之等人的译作。事实上，改革后的《小说月报》刊登的文章主要以文学研究会成员的文章为主。茅盾在《小说月报》新旧交替之际，发布了文学研究会发起人的名单，名单中的周作人、蒋百里、朱希祖等人都具有一定的社会影响力，这极大地增强了《小说月报》的吸引力。茅盾常常借用旧时办杂志人的一句行话，即"开头是人办杂志，后来是杂志办人"。所谓"人办杂志"，是指有一批人有话要说，这些人或者所发的文章又拥有一定的影响力，因此杂志因这些人的文章而引人注意。所谓"杂志办人"是杂志出名后，人们以在这些名杂志上发表文章为荣。茅盾刚接手主编《小说月报》时，属"人办杂志"阶段，邀请一些社会名流和一批新文学家标新立异的观点集中在《小说月报》发表，逐渐使人们对此刊物加以注意。

另一方面，文学研究会拥有了《小说月报》这样一个表达文学思想的阵地，可以实现其"研究介绍世界文学，整理中国旧文学，创造新文学"的宗旨。为了实现这一目的，茅盾以及文学研究会诸成员借助《小说月报》这一文学阵地倡导、探讨外国文学译介、新文学的创作方法，他们合力抨击鸳鸯蝴蝶派旧文学和倡导"为艺术而艺术"的创造社。

革新后的《小说月报》，实际常设的栏目有"创作""译丛""海外文坛消息""插图"等。其中"译丛"和"海外文坛消息"是有关外国文学的。外国文学的译介占据了《小说月报》的大半篇幅。茅盾作为主编和主要撰稿人，独立撰写了"海外文坛消息"206篇，为"译丛"提供了约50篇译稿，此外还发表了大量介绍外国文学思潮的文章。其余主要撰稿人基本为文学研究会成员。"译丛"平均每期发表10篇译作，译者除鲁迅外，主要有周作人、茅盾、耿济之、王统照等文学研究会成员。

茅盾对俄苏文学和弱小民族文学的大力译介在《小说月报》得到充分的体现。茅盾担任主编后的《小说月报》的外国文学译介工作是从译介俄国文学开始的。改版后①的"译丛"栏目刊登 5 篇翻译小说,其中有两篇是俄国文学作品(耿济之翻译的果戈里的《疯人日记》和孙伏园翻译的托尔斯泰的《熊猎》);刊登翻译剧本 2 部,其中有沈泽民翻译的俄国作家安德列夫的《邻人之爱》;"海外文坛消息"6 则,其中关于俄国的有两则(《安德列耶夫最后的著作》《劳农俄国治下的文艺生活》)。在此后茅盾主编《小说月报》的两年(1921—1922)也保持了这一态势。1921 年 9 月还推出了第一个号外《俄国文学研究》,专门介绍俄国文学。在茅盾主编《小说月报》的两年内,《小说月报》共发表俄国文学翻译作品 57 篇,除茅盾自己的翻译作品外,其余均由文学研究会成员翻译,另有数量相当的文艺理论类作品翻译和介绍性文章。

《小说月报》的另一译介重点是弱小民族文学。茅盾编写的"海外文坛消息"第一则就介绍挪威作家汉姆生,改版后第 1 期的"译丛"栏目刊登了王剑三(王统照)翻译的波兰作家高米里克基的短篇小说《农夫》和爱尔兰作家夏芝(叶芝)的短篇小说《忍人》,之后每期也都有弱小民族文学作品的翻译。在 1921 年 6 月《小说月报》第 12 卷第 6 号的《最后一页》(相当于"编后记")中,茅盾说:"本刊从第七期起欲特别注意于被屈辱民族的新兴文学和小民族的文学;每期至少有新犹太、波兰、爱尔兰、捷克斯拉夫等民族的文学译作一篇,还拟多介绍他们的文学史实。"事实上,在 1921 年《小说月报》第 6 号就已经刊登了沈泽民翻译的新犹太作家范尔道孚的《淑拉克和波拉泥》,胡天月翻译的匈牙利作家亚丹尔摩范男爵夫人的《弃妇》。从《小说月报》第 12 卷第 7 号开始,弱小民族文学的比重逐渐增加。这一期上发表了蒋百里译的《鹭巢》、茅盾译的《禁食节》等 5 篇

---

① 《小说月报》1921 年改版后的第 1 号为"第 12 卷第 1 号"。

弱小民族文学的译文,以及厂晶(李汉俊)写的《犹太文学与宾斯奇》等论文。茅盾又将《小说月报》第12卷第10号特别设为《被损害民族的文学号》特刊,登载了12个弱小民族国家和地区的21篇作品译文、8篇译介文章,其中包括他自己翻译的14篇小民族作家小说和诗歌作品。

经茅盾主编的《小说月报》,弱小民族文学占很大比重,1921年期间的《小说月报》共发表弱小民族文学的译文60篇,约占刊登文章总数的55%;1922年的《小说月报》发表此类译文57篇,约占刊登文章总数的59%,足见茅盾对弱小民族文学的重视。这其中他自己翻译的作品有40余篇,其余均为文学研究会同人翻译。

茅盾接手《小说月报》时,旧文学势力仍然强大。为了扫清新文学发展的障碍,他与文学研究会其他成员一道,抨击鸳鸯蝴蝶派旧文学势力。《小说月报》改版后的首期,刊登了《文学研究会成立宣言》,其中所说的"将文艺当作高兴时的游戏或失意时的消遣的时候,现在已经过去了"①就是针对鸳鸯蝴蝶派"视文艺为消遣和游戏"的心态而写的。茅盾在《自然主义与中国现代小说》《真有代表旧文化旧文艺的作品么?》《反动?》等一系列的文章中从思想倾向和艺术创作上系统地批判了鸳鸯蝴蝶派。此外,文学研究会对外国文学的译介、外国文艺思潮的介绍,以及发表的作品也对鸳鸯蝴蝶派造成冲击,极大打击了旧文学阵营,加速了旧文学的灭亡。

从1922年开始,文学研究会与创造社展开论战,《小说月报》成为文学研究会反击创造社的阵地之一。文学研究会倡导为人生的文学的译介,与创造社"为艺术而艺术"的文艺观恰恰相反。在《小说月报》第13卷第7号的"通信"一栏中茅盾就指出,翻译《浮士德》《神曲》《哈姆雷特》等"虽产生较早,而又永久之价值"的著作"不是现在切要的事",介绍给群

---

① 周作人:《文学研究会成立宣言》,《小说月报》1921年第12卷第1号。

众的作品,"应该审时度势,分个缓急"。这一论调引发创造社成员郭沫若的严厉抨击。之后,在1922年9月10日《小说月报》第13卷第9号上,茅盾发表《文学与政治社会》与《自由创作与尊重个性》,援引俄国、匈牙利事例,抨击创造社"为艺术而艺术"的言论,主张"为人生"的艺术。此外,《小说月报》刊登的文学研究会的翻译和创作,也都是"为人生"文学宗旨的具体体现。

文学研究会和创造社的论争持续了三年之久,影响深远,不仅推动了文学界的思想碰撞与进步,更显著提升了茅盾个人和文学研究会在文坛上的声望与地位。

正是由于文学研究会的支持,《小说月报》以介绍新文艺的面孔获得了新生,赢得了大批新读者。但与此同时,文学研究会着眼于严肃的社会现实而相当程度地忽略了娱乐作用,也导致《小说月报》内容单一,违背了"对于为艺术的艺术与为人生的艺术两无所袒"的改革宗旨。

茅盾的《小说月报》办刊思路还受文学系统内部因素,即专业人士的影响。1921年7月,胡适应邀对商务印书馆指导工作,在看了最近一期《小说月报》之后,他对茅盾提出自己的建议"新浪漫主义也是经过自然主义洗礼,因此不妨先从介绍自然主义"开始,茅盾接受了他的意见,从此《小说月报》开始大力提倡自然主义。周氏兄弟也给予《小说月报》大力的扶持。每当遇到困难的时候,茅盾都会写信向二周请教。①

改革后的《小说月报》第1期印制了5 000册,供不应求,第2期增加印制至7 000册,到年底更是突破了1万册。② 发行量的迅猛回升从一个侧面显示了改革的成功和读者对《小说月报》外国文学译介工作的欢迎,也说明了茅盾的外国文学译介主张确实对社会产生了很大的影响。

---

① 这一点,在《鲁迅日记》中有多处记载。
② 茅盾:《我走过的道路·上》,人民文学出版社1997年版,第188页。

在茅盾的主编下,《小说月报》成为20世纪20年代最有影响力的新文学刊物,如果说《新青年》是思想理论刊物,发表耳目一新的文学创作只是该刊唤醒民众解放思想的手段,《小说月报》作为一本文学刊物,则对新文学的建立有切实的贡献。

在《小说月报》改革的同时,商务印书馆旗下《妇女杂志》也面临改革,茅盾应邀为其供稿,促使这本一向提倡贤妻良母的杂志转变为倡导妇女解放的杂志。茅盾在该杂志1919年11月第5卷第11号上发表了《解放的妇女与妇女的解放》一文,概括了欧洲妇女运动,并就中国妇女如何寻求解放提出了建议。据不完全统计,茅盾此后至他参加国民革命前这段时间,就妇女问题撰写和发表的文章共60多篇,其中有多篇就刊载在《妇女杂志》上。除此之外,茅盾在该杂志上刊登了多篇关于妇女问题的论文、小说和剧本的译作,如奥地利戏剧家施尼茨勒(Arthur Schnitzler)的戏剧《结婚日的早晨》、挪威戏剧家比昂逊(Bjørnstjerne Bjørnson)的戏剧《新结婚的一对》、斯特林堡的戏剧《情敌》和短篇小说《强迫的婚姻》等。斯特林堡是继易卜生之后反映妇女问题的第二代作家的杰出代表,他剧作中暴露的妇女问题,比易卜生的作品更能反映当下情形。茅盾的小说创作塑造了各种类型且又多半是成功的女性形象,这在很大程度上受到他早年译介有关妇女问题的作品的影响。

然而,不论是《小说月报》还是《妇女杂志》,作为商务印书馆旗下的刊物,必须受商务印书馆的控制,即履行被赞助人的义务。因为商务印书馆对盈利的追求和保守的本质,《小说月报》在编排上也受到一些制约。作为一个在出版社、编辑与读者市场共同作用下产生的文化商品,《小说月报》首先需要顾全的是出版利益。商务印书馆风格保守,1919年,商务印书馆曾因为害怕卷进政治风波而拒绝刊登孙中山的文集《孙文学说》。革新后的《小说月报》,与《新青年》《创造季刊》一类的新式期刊相比较,无论是翻译还是创作,还是参与论战、整理国故,其气息都相当的中庸。茅盾晚年曾坦言,"因《小说月报》是商务印书馆出版的刊物,而商务的老板们最怕得罪人,我们对有些文艺上的问题,就不便在《小说月报》上畅所欲言"①。相比之下,文学研究会的会刊《文学旬报》的办刊方针就更为开明,可以刊登观点更有冲击性的作品。在《小说月报》上,茅盾仅把鸳鸯蝴蝶派说成是游戏消遣的文学,但是在《文学旬刊》上,他的语气更重。在《文学旬刊》第1期,茅盾以玄珠为名,发表了《中国文学不发达的原因》,声称如果不打破古来的对文学的误解,"中国文学决没有复兴的希望了",并进而称旧文学为"伪文学"。此外,文学研究会与创造社在20世纪20年代关于翻译的论争也是以《文学旬刊》为主要阵地,论战中文学研究会代表茅盾撰写的《介绍外国文学作品的目的》、郑振铎撰写的《处女与媒婆》《盲目的翻译家》《翻译与创作》等代表性作品均刊发在此。此外,由于排版方面限制,《小说月报》的篇幅有限,因此在刊登作品时受到了一定的制约。有很多次,茅盾在他所写的《最后一页》(相当于"编者记")上表示受篇幅限制,作品无法刊登或没有能完整展现。而且,由于期刊追求时效的性质,当代作家作品的介绍占据主流,经典作品未免被遗忘。后来,由于旧派文人的强烈压力,《小说月报》受到旧派文人攻评,在这种形势下,商务印书馆出于无奈,只得让茅盾放弃了主编这一重要职位。

茅盾在1923刊登在《时事新报·文学旬刊》中的《杂感》一文中回忆道,"1921年,国内新文学定期刊物还只有《小说月报》一种","但是在《小说月报》的启发下,仅仅'半年内文坛增加了十几种文艺定期刊物'"。茅盾的办刊思路对中国现代文学报刊的发展起到了引导作用,为中国现代文学新思想和新内容的结合提供了现成的媒介,为新文学的发展带来了启发。当时新文学者往往兼任报刊的主编等工作,通过办报实现其文学理念,而茅盾主持的20世纪20年代第一大报,对中国现代文学的影响不可忽视。

---

① 茅盾:《我走过的道路·上》,人民文学出版社1997年版,第203页。

二、意识形态影响和审查制度下的《文学》

1927年大革命失败后,茅盾开始了他的创作生涯,先后完成了短篇小说《幻灭》《动摇》《创造》《追求》和长篇小说《虹》,在文学界引起了很大的反响。1930年,茅盾从日本回国后加入"左联",成为左联领袖。1934年至1935年是茅盾译介外国文学的第二个高峰时期。在短短的两年时间内,茅盾共译介了外国文学作品近30篇。这个时期,随着外部环境的变化,他的译介活动受到政治环境和意识形态的影响愈加明显。勒菲弗尔强调的另一个影响翻译的重要的外部因素就是意识形态。意识形态是指反映特定经济形态、特定阶级或社会集团利益和要求的观念体系。这一时期,由于国内形势更加严峻,民族矛盾日益尖锐,意识形态决定了茅盾的翻译和创作都带有极大的民族性和斗争反抗的成分。然而,由于国民党限制"左倾"出版物的出版,茅盾不得不以迂回的方式表达他的政治意图,这也是他的作品有别于上一个时期的明显的特点。

随着左翼文学运动的蓬勃发展,国民政府开始明白文艺政策的重要性,制定了一系列的文艺政策,并配套出台限制左翼文艺发展的出版法规。具体说来,1928年5月14日,国民政府颁布《著作权法》,规定查禁"各种劝诫及宣传文字"等,这显然是针对蓬勃发展的革命文学而来的;1929年1月10日,国民政府中央宣传部发布《宣传品审查条例》,将宣传共产主义及阶级斗争的宣传品列为反动宣传品,并要求"查禁查封或究办之";中华民国"行政院第四八四一号密令"及"教育部训令(密)秘字第四五二号",要求各地严查宣传"普罗文学"的"反动刊物";1934年,国民政府更是提出"文化围剿"的口号,查禁进步出版物。除此之外,当局利用非法手段迫害进步作家、封闭书店,制造"白色恐怖"。[1]

---

[1] 张清民:《20世纪30年代国共两党文艺意识形态争战及胜败原因》,《河南大学学报(社会科学版)》2013年第6期,第90—103页。

在这种情况下,左联的机关刊物都无法维持长期运行的局面。当时的左联刊物如《萌芽月刊》《拓荒者》《巴尔底山》《世界文化》《前哨》《北斗》《文学月报》等都是积极公开地推动革命文学的发展,勇敢地揭露国民党的黑暗统治,广泛传播进步文艺思潮,也确实取得了一些显著的成绩。但是,由于这些刊物政治倾向性过于鲜明,在国民党严密的审查制度下,许多进步刊物如昙花一现般短暂存在,某些刊物甚至创刊号便是其终刊号。面对这样的困境,左联成员开始寻找更合理合法的斗争办法。

国民政府对于左翼期刊的严密控制,其目的旨在维护其统治地位,只要不触及和妨碍国民政府的反动统治,那些持中立立场、政治色彩相对淡薄的刊物是被允许存在的。因此,当时一些远离政治的、具有商业化倾向的杂志仍具有一定的生存空间,包括 1931 年 3 月 10 日创刊的《青年界》、1932 年 5 月 1 日创刊的《现代》、1932 年 9 月 16 日创刊的《论语》等等。这些刊物大多由书店出资创办,以营利为目的,编辑为了规避风险,尽量远离政治,维持一种超脱的政治姿态,保持自由主义的文学立场和态度,赢得了一定的出版自由。与左翼期刊相继夭折的命运不同,这些中立的商业性的刊物在这一阶段蓬勃发展。

在左联刊物相继被取缔的情况下,茅盾与郑振铎等人商议,决定以"文学社"的名义编辑出版一本长期刊物。1933 年 7 月 1 日,《文学》就在这样的情况下问世了。《文学》由生活书店出版发行,先后由傅东华、郑振铎、王统照担任主编,茅盾为了躲避国民政府的审查,以"隐形"主编身份参与了《文学》的实际编务。受之前刊物的遭遇的启发,《文学》对外宣称是商业性杂志,但实际却偏向左翼文学。从某种意义上说,《文学》月刊与《小说月报》具有十分明显的沿袭关系。在《文学》月刊的编委中,茅盾、郑振铎、傅东华、王统照都曾是《小说月报》的主要编者和撰稿人。而且从《文学》月刊的版面形式(图文并茂),以及注重创作与理论批评、文史研究、翻译等方面的并重发展来看,《文学》月刊继承了《小说月报》的风格传统。即使在茅盾投身于创作事业之际,翻译依然作为《文学》月刊中重要的一部分。在创办《文学》之际,茅盾为《文学》确定了编辑方针:"刊物要办就办个大型的,……内容以创作为主,提倡现实主义,也重视评论和翻译。观点是左倾的,但作者队伍可以广泛容纳各方面的人。对外还要有一层保护色。"[1]茅盾在主编《文学》月刊时,坚持创、译并重,广泛吸纳各类优秀作品,展现了茅盾作为新文学建设者的开阔眼光,也体现了茅盾在严格的审查制度下巧妙的编辑策略。《文学》月刊自创刊号始,就开辟了"社谈""论文""小说""散文随笔""诗选""杂记杂文""国外通讯"及"补白"等九个栏目,并在日后增加了"批评""书评""剧本""通信"等栏目,《文学》刊物的内容异常丰富、栏目种类众多,体现了主编宽广的文学视野。后来虽然不断有变动,但较为固定的刊登内容大致有小说、散文随笔、作家论、文学画报、诗歌、剧作、文学论坛、书评、翻译以及世界文坛展望等。尤为值得一提的是,外国文学的译介始终作为《文学》月刊的重要工作。

《文学》月刊在初创之际,便已将介绍苏联文学作为重要的编辑方针之一,在其发刊的第 3 期中,以正面的视角深入介绍了苏联文学,并特别刊登了周扬的论文《十五年来的苏联文学》。《文学》月刊从第 4 期起,还连载了耿济之翻译的高尔基的剧本《蒲雷曹夫》、曹靖华翻译的阿·托尔斯泰的《十月革命给我了一切》、狄谟撰写的《关于苏联文坛组织的消息》和介绍肖洛霍夫《被开垦的处女地》的文章《响谷村的人物》,以及吴春迟翻译的卢那察尔斯基的《社会主义的写实主义底风格问题》等。然而,这些文章的刊登却使《文学》月刊面临被查封的风险。因此,《文学》从 1934 年第二卷起停止译介苏联文学。[2] 同时,从第二卷起,因国民政府的审

---

[1] 茅盾:《我走过的道路·上》,人民文学出版社 1997 年版,第 598 页。
[2] 同前,第 611—612 页。

查,刊物常常脱期。在这样的形势下,"左倾"文人曾一度想放弃办刊宣传工作,就连鲁迅也曾经表示过这样的态度。他在《文学》濒临查禁时,曾"主张与其被检查不如停刊"①。但是,茅盾并不想轻易放弃这样一个来之不易的表达思想的重要渠道。那么,该如何化解眼前的困境呢?茅盾在1933年曾写文章《"杂志办人"》,说到有时话不能说,因此"无可奈何的办法还是介绍外国消息,翻译外国论文和努力来讲'没功夫讲的话'罢"②。该篇文章提到翻译类杂志的重要性和在特殊时期的特殊使命,为《文学》的翻译专号和《译文》杂志奠定了思想基础。

1934年第3期起,《文学》连出4个专号:《翻译专号》《创作专号》《弱小民族文学专号》《中国文学研究专号》。《文学》第2卷第3号《翻译专号》旨在"略示世界文学现状之一斑,也希望引起关于翻译诸问题之商讨"③,其刊登了英、法、俄、德等12个国家的文学作品21篇,分属小说、戏剧、诗、散文。茅盾用笔名"芬君"翻译了荷兰女作家包地·巴克尔(Ina Boudier-Bakker)的短篇小说《改变》。该号的"书报、评述"栏有书评3篇,均由茅盾撰写,其中有两篇文章专注于翻译批评,一篇是《伍译的〈侠隐记〉和〈浮华世界〉》,对伍光建翻译的这两部小说进行了深入的评析。另一篇则是针对郭沫若翻译的托尔斯泰作品《战争与和平》第一分册的评价。文章中直言不讳地指出了翻译过程中存在的不足之处,此举有助于营造严谨的翻译风气。此外,文中还建议译者应添加序跋,用以介绍托尔斯泰的写作背景,这不仅是茅盾系统介绍外国文学思想的具体体现,更有助于读者深入理解这部作品。翻译专号上的"文学论坛"栏有6篇短论,都是讨论翻译问题的,茅盾写了4篇,分别是《又一本旧账》"媒婆"与"处女"》《直译·顺译·歪译》《一个译人的梦》,这些文章分别就翻译内容的

---

① 茅盾:《我走过的道路·上》,人民文学出版社1997年版,第628页。
② 茅盾:《"杂志办人"》,《文学杂志》1933年第3、4期合刊。
③ 茅盾:《我走过的道路·上》,人民文学出版社1997年版,第632页。

选择、对待翻译的态度以及翻译标准等关键问题提出了深刻的见解,对于翻译的发展具有指导意义。茅盾等人还针对文学作品的翻译设计了问卷调查,提出了9个问题来征求意见,了解到了读者对外国文学的极高期待。这为后来茅盾、鲁迅创办《译文》增强了信心。《翻译专号》在当时著作界产生了积极影响,极大地激发了作者的文学翻译热忱,初步探索了翻译专刊这样一种新型出版物,为日后创办《译文》奠定了良好的舆论环境。

《文学》第2卷第5号为《弱小民族文学专号》,专门介绍弱小民族文学。这一期刊登了介绍性文章《现世界弱小民族及其概说》和《英文的弱小民族文学史之类》,介绍了包括波兰、捷克、斯洛伐克、匈牙利、阿拉伯、波斯等民族的文学史,西班牙殖民地拉丁美洲国家的文学简述,以及新犹太的戏曲发展概略。此外刊登了波兰等18个弱小民族的短篇小说、诗和散文,其中有6篇是茅盾翻译的。这是20世纪20年代弱小民族文学译介势头的延续。

《文学》刊登弱小民族文学作品和翻译作品,除了规避审查的原因外,还与20世纪30年代国民政府的民族主义文学政策有很大关系。20世纪30年代初期,国民政府为了加强对意识形态领域的控制,遏制左翼文学的蓬勃发展,发起了民族主义文艺运动。他们企图通过强调民族意识取代阶级意识,进而抹杀阶级斗争的存在。这样的文艺运动自然是为左翼文人所不齿的。然而,这场运动却意外地为左翼文人提供了一定的施展空间。国民政府为发扬民族文学,倡导译介并大量刊登弱小民族的文学作品,使弱小民族文学译介具有某种正当性或合法性。因此,茅盾利用国民政府发起民族主义文艺运动这一契机,表面上积极译介弱小民族的文学作品,以响应民族主义文学的号召。然而,他实际上是借弱小民族文学来唤起国人反抗的精神,以及对当局进行巧妙地讽刺。

例如,茅盾刊登在《文学》的"弱小民族文学专号"上的波兰作家泰特马耶尔(Kazimierz Przerwa-Tetmajer)的短篇小说《耶稣和强盗》、罗马尼亚作家萨多维亚努(Michail Sadoveanu)的短篇小说《春》等。茅盾所选译的文学作品表达了他对国民政府的讽刺和对中国共产党的支持。他翻译的克罗地亚作家克尔尼克(Ivan Krnic)的短篇小说《在公安局》和土耳其作家哈理德(Resik-Halid)的短篇小说《桃园》描写官员腐化堕落，昏庸无能，这样的官员形象影射了国民政府当局。

茅盾还在译文的前言和后记中隐晦地表达对国民政府文艺政策的不满。如在翻译的短篇小说《催命太岁》的前言中，茅盾写道："原题为'The Knight of Death'——'死的骑士'。但是我觉得'死的骑士'语气太重，甚非今日所宜，因而特地找了一个'民族主义'的称呼，大书特书曰'催命太岁'云云"①，借此来讽刺国民政府推行的民族主义文学政策。

除此之外，《文学》为茅盾在20世纪30年代"隐居生活"期间提供了稳定的物质保障，确保他拥有固定的职业和稳定的收入来源。茅盾作为编辑固然有他作为精英知识分子的精神追求的一面，但是作为社会生活中的人，物质需求的一面也是不容忽视的。1927年大革命失败后，茅盾一直过的是流亡和隐居的生活，1930年回到上海后，国民政府的通缉令一直没有撤销，所以茅盾仍然不能公开抛头露面，只能继续隐居，依靠卖文为生。1933年《文学》月刊的创办，为此时卖文为生的茅盾提供了一个稳定的职业和一份不菲的收入，使得此时茅盾的生活有了保障，更能安心从事文学工作。《文学》面临审查时，茅盾也表明"多数作者是等着稿费买米下锅的，这样下去将马上影响到他们的生活，需要想一个万全之策，避开这三斧头，化被动为主动"②，因此才有了四个专号。也正是由于这样的原因，他既要把刊物办好，传递他们的文学倾向，又不至于被查禁和停刊，使生活没有着落。因此茅盾选择在国民政府严峻的审查制度下迂回抗争。

---

① [秘鲁]阿尔布哈尔：《催命太岁》，《文学·弱小民族文学专号》，1934年5月1日。
② 茅盾：《我走过的道路·上》，人民文学出版社1997年版，第630页。

据傅东华回忆,《文学》最多销到 3 万多份,是当时除《东方杂志》外销量最多的杂志。[①]《文学》的广泛传播和接受,有力地推进了无产阶级文艺战线的发展,也证实了茅盾的编辑方针策略切实有效。

《文学》月刊既注重政治性,又兼具商业精神,使得它既符合文学者推动社会进步的需要,又确保了其能够持续稳定地运营下去。《文学》月刊自创刊至 1937 年 11 月因抗战爆发而停刊,历时四年多,共出刊了 9 卷 52 期。《文学》是 20 世纪 30 年代上海文坛上极具影响力且寿命最长的大型文学刊物,为 20 世纪 30 年代文学的发展做出了卓越的贡献,被誉为"三十年代中国第一刊"。《文学》在国民政府严格的书报审查制度下,仍然大力译介了外国民族文学,丰富了中国文学的借鉴资源,同时巧妙地讽刺了当局的统治,传达了自己的政治立场,激励了无产阶级斗争。

三、第一本翻译专刊《译文》

20 世纪 30 年代,茅盾花大力气参编的另一本译介外国文学的刊物是《译文》。《译文》是中国第一本专刊翻译文章的杂志,1934 年 9 月 16 日创刊于上海,1935 年 9 月 16 日起停刊半年,1936 年 3 月 16 日复刊,1937 年 6 月 16 日终刊,前后共出版 28 期。

20 世纪 30 年代的出版界对外国文学翻译的欢迎程度远不如 20 世纪 20 年代。一方面,专以营利为目的书坊,不愿意接受赚钱较少的翻译稿(如苏联名著《铁流》就多次被拒绝出版);文艺刊物也不欢迎翻译稿件,一是因为当时社会舆论认为翻译比创作低一等,二是害怕发表有进步

---

① 孔海珠:《近半个世纪前的访谈——关于茅盾、文学研究会》,《新文学史料》2009 年第 2 期。

思想的译作会受到当局刁难,发行困难,刊物受牵连等。另一方面,20 世纪 30 年代,由于部分翻译人员的不负责任,使得译本质量受到了严重影响。为了广泛传播外国的先进文艺作品,驳斥那些阻碍翻译工作的谬论,构建科学的翻译理论体系,培养新一代的青年作家,鲁迅决定创办一个专登翻译稿件的刊物以此来组织无产阶级自己的翻译队伍。茅盾随即表示赞成:"目前作家们有力气没处使,办这个杂志,可以开辟一个新战场,也能鼓一鼓介绍和研究外国文学的风气。"①在这样的背景下,《译文》于 1934 年 9 月由生活书店发行创刊号。

1934 年被称为中国的杂志年,这一年,杂志市场呈现井喷之势,而新书出版却显得十分落寞。这主要是因为经济不景气,而当时文人迫切需要宣泄和发表言论的机会,杂志则凭借价格低廉的优势成为他们便捷的进言渠道。

此时的茅盾已经在编《文学》双月刊了,编辑工作十分繁重,而且《文学》上已经有数目可观的翻译作品。茅盾在这样的情况下会另起炉灶参办《译文》,一是因为《文学》杂志的"翻译专号"中的问卷调查显示读者非常欢迎译作,《译文》可以作为一个有益的补充。另外,鉴于国民政府图书审查办法的出台,作家们在当时以卖文为生的日子也过得相当艰难。因此,茅盾创办这个新刊物,对于缓解当时文人生活的困境确实起到了一定的帮助作用。

鲁迅创办这个翻译杂志的原意是:"以少数志同道合者的力量办一种小刊物,并没有销它一万二万的大野心,但求少数读者购得后不作为时髦饰品,而能从头至尾读一遍。所以该刊的印刷纸张是力求精良,译文亦比较严格。这刊物不是一般的读物,只是供少数真想用功的人作为'他山之

---

① 茅盾:《我走过的道路·上》,人民文学出版社 1997 年版,第 645 页。

石'的。"①由此可见,与之前的刊物相比,《译文》面向的不再是普通大众,而是真正想致力于文学的人。《译文》虽由鲁迅提议创办,但是茅盾为之做出了巨大的贡献。黄源后来回忆这段历史道:"鲁迅的战斗的锋芒指向哪里,茅盾就起而有力地呼应配合"②,"除了为刊物提供译稿外,还曾配合鲁迅做了许多组织联络工作"③。从1934年5月创刊到1935年9月停刊,茅盾在《译文》上共发表了译作12篇,涉及6个国家12位作家的作品。

《译文》的诞生与《文学》面临同样的政治环境,稿件也要经过国民政府严格的审查。鲁迅在《译文》的《前记》中大谈个人兴趣,而对社会、政治问题只字不提,也是出于策略层面的考虑,旨在让《译文》能够顺利通过审查并出版、发行。不仅如此,就连《译文》的对外编辑人选也是基于这一策略层面的考虑。茅盾后来回忆道:"因为鲁迅和我都不便出面,黎烈文又不愿担任。最后鲁迅说,编辑人就印上黄源罢,对外用他的名义,实际主编我来做。"④

《译文》之所以能够在严峻的出版审查环境中生存下来,是因为它刊载的都是外国翻译作品,不涉及当局,这使审查机构放松了警惕。在这样的情况下,《译文》翻译了一批团结、鼓舞无产阶级,同时又讽刺当局的作品。在《译文》的前12期,虽然没有出版专号和特辑,但也有类似特辑重点评介的作家,如第1卷第2期的纪德、第2卷第2期的左拉、终刊号的普希金。1936年3月复刊后接连出了"罗曼·罗兰七十年诞辰纪念"、"杜勃洛柳蒲夫诞生百年纪念"、"高尔基逝世纪念特辑"三期、"普世庚特编"、"普世庚逝世百年纪念号"、"迭更斯特辑"以及"西班牙专号"等。在

---

① 黄源:《鲁迅先生与〈译文〉》,《译文》1936年新2(3)期。
② 李继凯:《鲁迅与茅盾》,河北人民出版社2003年版,第156页。
③ 同前,第163页。
④ 茅盾:《我走过的道路·上》,人民文学出版社1997年版,第647页。

译介的作家作品中,俄苏文学是《译文》的主要译介对象。随着国内革命文学形势的发展,代表革命文艺方向的导师人物被介绍进来,《译文》在译介外国文学作品时,特别推崇高尔基和普希金,他们先后被奉为无产阶级革命文学的典范。此外,俄苏革命文艺理论和批评占据大量篇幅,《译文》上刊登的作家论,基本译自苏联的理论家和批评家,这方面的文章多达60余篇。其次,法国的纪德等亲苏作家的文论得到了大量的译介。除此之外,欧美批判现实主义作家和弱小民族文学也得到了译介。鲁迅的译介重点在旧俄文学,如契诃夫、果戈里等作家的作品及俄罗斯童话;茅盾在《译文》上刊登的译作主要是弱小民族文学作品,如匈牙利小说家米克沙特(Mikszáth Kálmán)的短篇小说《皇帝的衣服》、近代希腊作家德罗西尼斯(G. Drosines)的短篇小说《教父》、克罗地亚作家雅尔斯基(Ksaver Sandor-Gjalski)的短篇小说《娜耶》、近代希腊小说家蔼夫达利哇谛斯(Arghiris Eftaliótis)的短篇小说《安琪吕珈》、克罗地亚作家奥格列曹维支的短篇小说《两个教堂》。此外还有批判现实主义作品,如美国短篇小说家欧·亨利的短篇小说《最后的一张叶子》、美国斯比伐克的书信体散文《给罗斯福总统的信》、美国约翰·牟伦的散文《菌生在厂房里》等,也翻译了少量的苏联文学作品,如爱特堡的短篇小说《红巾》,苏联作家柯里卓夫的报告文学《世界的一日》。从选择内容上可以看出,茅盾继续保持着广泛的译介视野,像美国文学这样的大国文学和小民族文学都有涉及,但是更加注重阶级压迫的题材,意识形态的影响更加鲜明。例如,《给罗斯福总统的信》表现了资本主义社会中无产者的悲惨生活,《菌生在厂房里》表现了资产阶级和无产阶级的冲突,《皇帝的衣服》讽刺当局昏庸,《娜耶》深刻揭示了社会底层的农民对地主与当局统治的反抗精神。

《译文》也注重翻译批评。1937年1月16日的《译文》刊登了茅盾评论《简·爱》两个译本的《真亚耳的两个译本》(茅盾把"简·爱"翻译成真亚耳),对重译和翻译方法进行了探讨。

《译文》对国际态势保持了密切的追踪和关注。1936年,西班牙内战爆发,《译文》刊登的反映西班牙人民反抗独裁斗争的文学作品数量骤多。1937年第2期还推出了"西班牙为文学专号",西班牙著名现代作家乌纳穆诺得到了重点译介。

茅盾除了在翻译的选目上暗中表达阶级斗争立场之外,在具体的字词句的翻译上也根据政治目的进行"改写"。以发表于《译文》1934年第1卷第3期上的短篇小说《娜耶》①为例,茅盾在宣传被压迫阶级的抗争意识与应对政治审查之间作出了翻译策略的调适:

原文:I do not know that I was really energetic, but the fact remained that I had succeeded in putting down the most stubborn uprisings, not only among the peaceful, indolent Slavonian people, but among those Croatians in whom there is some of the blood of the peasant, King Gubec, who led the peasant reolution of 1573. I had always considered it my first duty to serve the government.

茅盾译文:我不知道我是否当真干练,但事实又在那里,我曾经压平过几次最凶恶的暴动,不但压平过那些和平的缓慢的斯洛伐尼亚人民中间的暴动,也压平过这些克罗地人民的暴动——他们就是1573年古勃克王上领导的农民革命的农民的后裔。我是常常把忠君报国看作第一义的。

译文中,茅盾把叙述者"我"——一位镇压农民运动的司令官的首要

---

① 转译自《巴尔干短篇小说集》(*Short Stories From the Balkans*),波士顿玛莎琼斯出版社(Marschall Jones Company)1919年版。

任务由"给政府服务"演绎为"忠君报国",隐去了敏感字眼"政府",避免招致国民政府的查禁。

写到娜耶的死时,有这样一段:

原文:With her all my joy died, too. Could a man do worse than I did? And why was I her murderer? For the pleasure of them who are not well disposed toward the peasants. Remember:"The voice of people is the voice of God!"

参考译文:我的欣喜也随她死灭。有谁比我做的更糟呢?为何我成了杀害她的刽子手?那些只顾自己享乐而不把农民放在心上的人,应记住:"人民的呼声就是上帝的呼声!"

茅盾翻译时故意将这段删去,因为后一句有煽动阶级斗争和讥讽国民政府之嫌,可能会导致此文无法出版。

遗憾的是,《译文》在断断续续地维持了三年之后被迫停刊。不可否认,《译文》的创刊策划在一定程度上有违市场机制。鲁迅把《译文》定为一本小众刊物,说明它的受众面应该说是比较狭窄的,起码是要对外国文学有爱好、有一定品鉴力的知识分子才能够欣赏,这就意味着译文的销量不会很大,这是它背后的出版机构生活书店所不愿意看到的。此外,鲁迅要求"印刷精美",这势必就增加了成本,而杂志售价又不高,直接影响了生活书店这样的小型出版机构的盈利。《译文》在发行了短短一年多之后就被迫停刊,与此不无关系(1936年3月由上海杂志公司接办复刊,但仅过了一年的时间便再次停刊)。总体上说,《译文》的编辑者缺乏文化经营意识,把本有一定的市场竞争力的期刊局限在"这么几个同好互相研究,印了出来给喜欢看译品的人们作参考"的较狭窄范围内,没有成功融入文化市场。

作为中国第一本翻译专刊,《译文》为译介弱小民族文学、传播苏联无产阶级文学、鼓舞无产阶级的斗志做出了巨大的贡献。同时,它的办刊方式也为今后的刊物提供了借鉴和启发。1942年,另一本翻译类刊物《文学译报》的发刊词中提及,"《译文》对于翻译水准的提高,起了巨大的作用,同时也给一些从事翻译的学徒,指示了选择材料的原则,开辟了他们的视野"[1]。《译文》1959年改名为《世界文学》。《译文》的创立,正是基于先前的办刊经历所奠定的坚实基础。

四、新中国成立后《人民文学》和《译文》对外国文学的译介

新中国成立后,茅盾没有再从事具体的外国文学翻译工作,但是始终支持外国文学译介事业。他先后担任《人民文学》和《译文》的主编,这两份刊物都极大地推动了外国文学在中国的译介。

1949年7月23日,中华全国文学工作者协会(全国文协)成立,茅盾担任文协主席,新中国成立后,茅盾担任文化部部长。1953年9月,全国文协更名为中国作家协会,茅盾又担任作协主席。文协成立伊始创办了《人民文学》,刊物定位是以发表各类文艺作品为主的国家最高文学刊物,茅盾担任主编,自此直至1953年6月他卸任主编一职,共主编《人民文学》44期。作为新中国的最高国家级文学刊物,《人民文学》承担着重要的文学使命。茅盾在《发刊词》中,阐述了《人民文学》的六大任务,第六项任务即:"加强中国与世界各国人民的文学交流,发扬革命的爱国主义

---

[1] 茅盾:《创刊的几句话》,《文学译报》1942年创刊号。

与国际主义精神,参加以苏联为首的世界人民争取持久和平与人民民主运动"①。这就意味着《人民文学》在指导新中国文学建设的同时,将致力于中外文学交流,并且以与苏联的文学交流为主。在具体的稿件需求上,茅盾把它分为四类,即创作、理论和批评性、研究和介绍性,以及译文。这样的模式,乍一看似乎延续了茅盾早年主编《小说月报》《文学》时的中西合璧的模式。但是在实际要求上,茅盾对外国文学的态度已经有了变化。比如,在谈到理论和批评论文时,他强调文章要"阐扬或论述革命的现实主义的基本美学原则的;批判欧美近代文艺的派别与倾向而指出它在中国曾经发生并且今天也还存在着的有害的影响"②。从"阐扬"和"批判"两词可以看出,茅盾此时对待欧美文学流派的态度已经远不是积极借鉴和学习,而是进行批判。此时的茅盾仍然重视从外国文学中吸取营养,"博采群言",但是学习的对象已经不再是早年广泛译介的30余个国家作品,而是限定于"苏联和新民主主义国家的文艺理论"③,其次是"资本主义国家的革命进步的作品和文艺批评以及欧美古典文学的批判的现实主义的作品"④。由此可见,茅盾此时对外国文学的倡导极大地受到美苏争霸的世界格局以及新中国成立后"亲苏"的政治环境的影响,这也是他必须为文化发展明确的文学方向。在具体的篇目上,《人民文学》每期都有译介外国文学的文章。1949年的创刊号共刊登了19篇文章,其中有5篇是有关中苏交流的,即《中苏团结,保卫世界和平!》《欢迎苏联代表团,加强中苏文化的交流》《鲁迅创作的独立特色和他受俄罗斯文学的影响》《在艺术和文学中高举起苏维埃爱国主义底旗帜》《我们珍爱苏联的文学》。第3期还专门刊登了"庆贺斯大林七十寿辰诗辑"。在之后的四年时间里,对苏联文学的评介始终是译介的重点,除了上述充满宣传色彩以及歌颂列宁、斯大林等革命领袖的文章外,还介绍了托尔斯泰、高尔基、马

---

①②③④ 茅盾:《人民文学:发刊词》,《人民文学》1949年第1卷第1期。

雅可夫斯基、谢甫琴科、卡达耶夫等现实主义和革命作家、诗人并刊登了他们的作品。《人民文学》每期也会刊登一些其他社会主义国家、亚非拉文学等,如秘鲁的《聂鲁达诗文集》、保加利亚作家斯托雅诺夫的小说《难产(片段)》、捷克作家维斯科普夫的《里狄斯十字架》《土耳其革命诗人希克梅特诗三首》等;还有欧美批判现实主义文学,如美国批判现实主义作家德莱塞,美国作家科德卫尔的《美国黑人亚伯·累孙的故事》。《人民文学》虽立足本土,仍对国外态势保持着密切的关注和追踪,如在1950年连续声援土耳其被捕的革命诗人希克梅特;在抗美援朝战争期间,《人民文学》注重中朝交流,连续几期声援朝鲜人民和人民志愿军,1950年刊登了《寄朝鲜人民》《朝鲜出版指导局局长的来信》《朝鲜诗人的声音——评"现代朝鲜诗集"》等。受当时"亲苏"氛围以及支持社会主义阵营的政治背景影响,茅盾在担任《人民文学》主编期间,将大部分的外国文学译介热情都倾注于对苏联等社会主义国家文学作品的译介之中,原先茅盾热衷于的弱小民族文学,中东欧国家因同属于社会主义阵营而仍在他的译介视野之内,只不过他对这些国家作品的译介力度与译介苏联作品相比显得较为微弱,至于北欧等国家则已完全从他的译介活动中消失。

然而,即便身处这样一个"一边倒"的诗学环境之中,茅盾依然保持着开放与包容的视野。1952年,雨果诞生150周年,茅盾提出将雨果作为世界文化名人来纪念。同年的《人民文学》第3、4期合刊和第5期刊登了闻家驷和罗大冈(笔名戈乃干)翻译的《雨果诗钞》。雨果创作的诗歌不仅数量众多,而且题材覆盖面广。新中国成立前,雨果以浪漫派小说家的形象被介绍到中国,茅盾在20世纪二三十年代介绍过雨果的小说《悲惨世界》以及《欧那尼》。由于中国受马克思、恩格斯对雨果带有强烈政治色彩的批判的影响,所以雨果表现浪漫主义思想的诗歌在中国很少被关注。茅盾主持译介雨果的诗歌显示出他独具慧眼。从茅盾对雨果的评价来看,茅盾从人道主义和人类前途命运的角度译介雨果,表明了他在此刻仍保持世界眼光,没有被革命进步文学所禁锢。

在《人民文学》运作的同时,《译文》也在酝酿的过程中。据陈冰夷回忆,"大约在一九五〇年,中央主管文艺工作的领导人提出重新出版《译文》杂志"①。当茅盾不再担任《人民文学》主编后,他似乎像新中国成立前一样,重新回到了外国文学译介这一个对他来说更安全、更舒适的领域,在外国文学译介领域为新中国做贡献。1953 年 7 月,新中国的《译文》正式创刊(1959 年改名为《世界文学》),由茅盾担任主编,1958 年茅盾因工作繁忙辞去此刊主编一职。

在《发刊词》里,茅盾首先扼要地总结了鲁迅当年创办《译文》的用意,他特别强调旧《译文》对苏联及其他国家的革命进步文学作品的译介,这为新《译文》"加强引进苏联及人民民主国家的社会主义现实主义的优秀文学作品"②的任务寻找了合理性依据。茅盾指出,《译文》的目的是使人民"从文艺作品上更亲切地感受到苏联和人民民主国家的劳动人民在建设他们的美好生活,从事于创造性劳动时所表现的奋发和喜悦,也要求从文艺作品上更真切地看到资本主义国家和殖民地半殖民地的人民如何勇敢而坚定地为和平为民主而斗争"③。《译文》杂志在传播外国文学和文化方面发挥了重要作用,同时也注重介绍和宣传外国社会主义制度的优越性。在 1955 年 8 月和 9 月期间,《译文》杂志曾借翻译批判胡风。

与此同时,他也强调,除介绍苏联文学外,《译文》"也需要多方面的'借鉴',以提高我们的业务水平,因而也就需要熟悉外国古典文学及今

---

① 艾晓明:《二十年代苏俄文艺论战与中国"革命文学"论争(下)》,《中国社会科学》1987 年第 4 期。陈冰夷:《忆〈世界文学〉创办经过》,《世界文学》1993 年第 3 期,第 12—21 页。

②③ 茅盾:《发刊词》,《译文》1953 年第 1 卷第 1 期。

天各资本主义国家、殖民地半殖民地的革命的进步的文学"①。这说明，新中国的《译文》尽管是为意识形态服务，但是也保持了一种开放的姿态。

相比于《人民文学》，《译文》译介的外国文学中占较大比重的是苏联文学，但其并不具备"压倒性"的优势。《译文》每期登载20篇左右的文章，在创刊号中登载的苏联文学作品和文论有12篇，另登载了捷克作家杨·德尔达的《"红色托尔季查"》，土耳其纳齐姆·希克梅特的诗作《给凡里·沃格洛·阿赫默特》，印度安纳德的小说《鞋匠与机器》《克什米尔牧歌》等作品。但是自此之后，苏联文学的比重稳步下降，取而代之的是多样化的文学译介。1953年8月刊登了澳大利亚、朝鲜、日本、法国、美国的小说和诗作。随着中苏关系逐渐降温，《译文》的译介选择也随之改变。1955年，苏联文学的占比优势已经不再。1956年第4期的《译文》刊登了一则《读者意见综述》，提到"介绍外国文学的面还不够广泛，诸多国家（特别是东方国家的文学）介绍得过少"。这就预示着《译文》的排稿方针将发生改变。1957年1月，其《稿约》的指导范围也由"唯苏""唯社会主义"向"世界各国优秀的现代及代表性的古典文学作品"过渡，将选材视野扩展到世界范围。同月所发刊的《译文》中没有一篇苏联文学。1957年8月的《译文》还设立了"亚洲文学专号"。1958年的《稿约》要求"破除清规戒律、跳出狭小圈子，深入到世界优秀文学的海洋之中，让古今、各国、各流派以及各种题材的优美文学花朵在《译文》的园地里开放，多刊登现代资本主义的名著，不必非社会主义现实主义作品即不得入选"。在译介选择上，《译文》也体现出越来越开放的态势，西欧、中东欧、北欧、南欧、大洋洲、北美、拉丁美洲、亚非拉文学呈现比较均衡的译介态势，内容除了讴歌社会主义，还有描写地域生活，如波兰《乡村婚礼》等。除此之外还刊登了日本的《源氏物语》、土耳其与南斯拉夫诗歌、阿富汗民

---

① 茅盾：《发刊词》，《译文》1953年第1卷第1期。

歌、南美诸国小说等。《译文》还兼容并包了浪漫主义,其中浪漫主义以革命浪漫主义的形象被译介进来,1957年9月的《译文》曾为纪念英国浪漫主义诗人威廉·布莱克诞生200周年刊登了介绍性文章和组诗;这一期还刊登了茨威格著名的小说《一个女人一生中的二十四小时》。可以见得,新《译文》逐渐走出单一的文学模式,呈现"世界文学"的姿态。相比之下,同一时期的《人民文学》已经基本不再涉及外国文学译介,且内容以社会主义建设为主。

新中国成立初期的十七年间,《译文》作为唯一进行外国文学译介的官方期刊,丰富了国人的精神食粮,对几代中国现代作家都产生了很深的影响。后来,直到"文化大革命"结束之后,译介外国文学的刊物才逐渐实现"百花齐放"。

第五章 | 茅盾对外国文学的译介与其民族文学、世界文学理念

- 一、茅盾提出的"人的文学""民族文学"和"世界文学"三个概念的辩证统一
- 二、茅盾外国文学译介与其民族文学构想的关系
- 三、茅盾外国文学译介实践与世界文学的关系

第五章 | 茅盾对外国文学的译介与其民族文学、世界文学理念

茅盾一生保持开放包容的文学视野、广泛译介各国文学,他的译介活动,与其建设民族文学和世界文学的设想密不可分。本章就茅盾的译介活动与他的民族文学和世界文学理念的关系进行论述。

一、茅盾提出的"人的文学""民族文学"和"世界文学"三个概念的辩证统一

"五四"时期是中国文学新旧交替的时期,文学变革的先驱们在这一时期先后提出了不同的现代文学主张,如胡适提出了"国语的文学,文学的国语";陈独秀提出了建设"国民文学""写实文学""社会文学"三位一体的文学主张。在这样的环境下,茅盾也根据他对文学发展的判断提出了自己的文学主张。

茅盾在《现在文学家的责任是什么?》一文中指出"文学是为表现人生而作的","文学家所欲表现的人生,决不是一人一家的人生,乃是一社会一民族的人生"。① 由此可见,茅盾认为未来文学的发展方向应该是"人的文学",并且是以个人代表全社会、全民族的文学,而非仅表现个人的文学。

"人的文学"是由周作人先提出来的。1918 年 12 月,周作人在《新青年》上发表《人的文学》一文,从个性解放的要求出发,充分肯定人道主义,提出以"人道主义为本,对于人生诸问题,加以记录研究的文字,便谓之人的文学",并指出新文学即人的文学,应充分表现"灵肉一致"

---

① 茅盾:《现在文学家的责任是什么?》,《东方杂志》1920 年第 17 卷第 1 号。

的人性。在 1919 年 1 月《每周评论》第 5 号中发表的《平民文学》一文中,周作人进一步阐述了他的"人的文学"的主张,强调文学须应用于人生上,提出"普遍"与"真挚"的原则,并申明"以真为主,以美即在其中"的文学观念。周作人提倡的"人的文学"着重突现的是以个人主义为世间本位主义的"灵与肉完全一致"的人,相比之下,茅盾倡导的"人的文学"尽管也注意人的"个性",然而着重强调的是"全人类、全民族"的文学。

  茅盾进而将人的文学从民族和世界两个层面进行区分。在《文学和人的关系及中国古来对于文学者身份的误认》一文中,茅盾说:"文学家所负荷的使命,就他本国而言,便是发展本国的国民文学,民族的文学;就世界而言,便是要联合促进世界的文学"[①]。也就是说,民族文学和世界文学是人的文学的两个层面的表现形式。

  茅盾把"民族文学"作为直接目标,是由具体的国情决定的。新文学的诞生正值中国处于内外交困之际,民族危机迫在眉睫。"五四运动"激发了中国空前的民族热情,民族热情在文学领域的宣泄途径和鼓动方式即"民族文学"。因此,"民族文学"理所当然地被纳入新文学建设的考虑中。

  要实现代表全体国民的民族文学,首先要替换士大夫阶级使用的文学语言——文言文。由于当时用文言文创作的风气仍然存在,因此新文学建设还伴随着国语运动。茅盾对当时的新文学运动与国语运动的关系表示了充分的肯定。但是他也指出,"新文学运动的最终目的"并不在"国语文学运动",指出白话文创作是实现新文学的第一步,而新文学不仅仅是用白话文写就的文学,更是表现现代人的思想的文学,

---

[①] 茅盾:《文学和人的关系及中国古来对于文学者身份的误认》,《小说月报》1921年第 12 卷第 1 号。

"国语文学运动"是为根基,体现了茅盾对新文学建设的清醒认识和清晰规划。①

此外,茅盾所指的民族文学,除却激发民族觉醒的目的外,还有美学层次上的发掘。茅盾指出:"我相信一个民族既有了几千年的历史,他的民族性里一定藏着善美的特点;把它发挥光大起来,是该民族义不容辞的神圣的责任。"②在茅盾看来,文学的使命是要宣扬一民族国民性中善美的特点。"国民"这一概念在汉语中的出现,来源于晚清启蒙主义者。面临民族危机,启蒙主义者呼唤国民意识,其目的是挽救国家的危亡。但是,当启蒙思想家们具体探讨建立现代国民意识的方案时,却转而批判中国的"国民性"。严复把甲午战争的失败归因于"民智已下矣,民德已衰矣,民力已困矣"③。1899年12月,梁启超在《清议报》发表《国民十大元气论》,直抒"太息痛恨于我中国奴隶根性之人何其多也",痛斥国民性的"奴隶根性"。在文学创作领域,鲁迅的主要思想贡献也是批判国民性,这在《阿Q正传》等作品中已经有了充分的表现。相反,茅盾提出发掘国民性中美的一面,对一味挖掘国民性丑陋的一面的文学现象提出了异议。茅盾主张,中国的国民性并非仅有需要批判的一面,同样存在需要大力赞扬的美的一面,这正是民族文学应当发扬的,也是民族文学对世界文学的贡献。

茅盾对文学的发展的展望并没有止步于民族文学。在发展本民族文学的同时,茅盾指出文学家还要"联合促进世界的文学"。在民族矛盾日益突出,民族性成为时代主题的时刻,茅盾提出"世界文学"这一概念,在当时颇具包容姿态和远见卓识。

---

① 茅盾:《新文学研究者的责任与努力》,《小说月报》1921年第12卷第2号。
② 茅盾:《为新文学研究者进一解》,《改造》1920年第3卷第1号。
③ 谢天振、许钧:《新中国60年外国文学研究(第五卷):外国文学译介研究》,北京大学出版社2015年版。

1827年,歌德曾宣称"世界文学的时代已经开始"①。但是,歌德并没有解释他所指的世界文学是什么。19世纪40年代,马克思和恩格斯在《共产党宣言》中指出市场经济推动下全球各民族之间关系巨变而带来的文学新趋势,并断言"民族的片面性和局限性日益成为不可能,于是由许多种民族的和地方的文学形成了一种世界的文学"。

茅盾提出的世界文学主张与当时的国内环境有密切的关系,是民族主义和世界性矛盾对抗的产物。

茅盾提出"世界文学"这一概念时,正值民族交困之际。一方面,面对当时积贫积弱的中国,民族文学被寄予唤醒国民性、跻身于世界文学的厚望,以及使国人自信自强的使命。另一方面,"五四"时期是民族情绪高涨的时期,也是各种思想交相辉映的时期。清末民初,面对民族危机,民族主义曾一度占据主导地位。但是,民主主义、民族主义、无政府主义、社会主义等思潮,也都争相产生,为中华民族探求出路,形成"众声喧哗"的场景。

首先,产生于中国古代的"世界大同"思想,在清末民初再次发扬光大。康有为、谭嗣同等人出于对中国处境的忧心忡忡和对中西关系的强烈不满,渴望中国独立自主而摆脱西方列强的奴役,大声疾呼中国与西方列强平等。在这样的情况下,儒家文化中"大同"的理想被再次唤起。

一批有识之士在为中华民族寻找出路的过程中,把"无政府主义"作为中国的发展方向。无政府主义者追求的无强权、无约束、人人绝对平等的理想,与中国文化传统中的"大同理想"有着某种亲和性。茅盾虽然没有公开声明支持无政府主义,但是曾接触过相关概念,他曾翻译罗素撰写

---

① 朱德发:《"民族的文学"与"世界的文学":论茅盾现代文学观的前瞻性》,《吉林大学社会科学学报》2015年第55卷第2期。

的《巴苦宁①和无强权主义②》介绍无政府主义。在1921年8月10日《小说月报》上,茅盾刊登了上海安那其主义者的《安那其主义者的声明》,并为此附上按语。

世界文学的概念在中国出现,象征着当时知识分子追求世界大同和平等,以及对民族崛起的寄托。从茅盾对世界文学的论述来看,世界文学的内涵主要有以下几点:

1. 能揭示并表现人类共性,即人性的文学。茅盾在《创作的前途》一文中说:"文学的使命是声诉现代人的烦闷,帮助人们摆脱几千年历史遗传的人类共有的偏心和弱点,使那无形中还受着历史束缚的情感能够互相沟通,使人与人中间的无形的界线渐渐泯灭;文学的背景是全人类的背景,所诉的情感自是全人类共通的情感。"③也就是说,文学所要表现的,应是超越民族界限的全人类的人生。在《新文学研究者的责任与努力》一文中,茅盾说,西洋文学"一步进一步的变化,无非欲使文学更能表现当代全体人类的生活,更能宣泄当代全体人类的情感,更能声诉当代全体人类的苦痛与期望,更能代替全体人类向不可知的命运作奋抗与呼吁"④。这几个"更能"说明随着文学的发展,文学与人类感情的密切程度不断加深,而最终的结果,无非是"最"能表现当代全体人类的生活,"最"能宣泄当代全体人类的情感,"最"能声诉当代全体人类的苦痛与期望,"最"能代替全体人类向不可知的命运作奋抗与呼吁,也就是实现"世界文学"。这里的世界文学概念与"人的文学"一脉相承,也是茅盾"世界文学"观念的基本内涵。

2. 优秀的民族文学的集合。茅盾曾宣称中国文学的最终目的是"要

---

① 今通译为巴枯宁。
② 即 Anarchism,又称安那其主义,无政府主义。
③ 茅盾:《创作的前途》,《小说月报》1921年第12卷第7号。
④ 茅盾:《新文学研究者的责任与努力》,《小说月报》1921年第12卷第2号。

在世界文学中争个地位,并作出我们民族对于将来文明的贡献"①。这句话表明了中华民族文学要跻身于世界优秀文学之林的雄心壮志。他将世界文学作为中国文学的奋斗目标。因此,茅盾所指的世界文学也是优秀的民族文学的集合。

彼时,中华民族处于弱势地位,那些不甘于落后、力图振兴中华民族的文学者便从民族处境着眼,迫切希望中华民族能够奋起直追,在世界范围内获得民族认同。这种民族认同在文学层面的实现方式就是创造出享誉世界的文学。茅盾"世界文学"观的这一内涵传达了他对民族文学寄予的希望:得到民族认同,成为世界文学的一部分。

3. 即便是到了20世纪30年代末、40年代初,随着抗日战争爆发,民族矛盾更加激化、民族危机更加严峻,茅盾仍然没有放弃世界文学的理想。在《旧形式、民间形式与民族形式》一文中茅盾说,文学上的"民族形式的建立正是达到将来世界文学的必经的阶段"②。"这种世界性的文学艺术并不是抛弃了现有各民族文艺的成果,而凭空建立起来的。恰恰相反,这是以同一伟大理想但是以不同的社会现实为内容的各民族形式的文艺各自高度发展之后,互相影响溶化而得的结果;是故各民族文学之更高的发展,适为世界文学之产生奠定了基础。"③在这个民族矛盾空前激化的时期,茅盾更加强调了民族文学的建立,然而,他始终未忘初心,坚定地追求着实现"世界文学"这一伟大的目标。

由此可见,茅盾的世界文学理念是民族文学理念的升华,世界文学与民族文学是互联互通的。继茅盾率先在中国提出世界文学这一理念后,1922年,郑振铎在《文学的统一观》一文中也系统论述了世界文学的概念。

彼时胡适提出"国语的文学,文学的国语",陈独秀提出"国民文学"

---

① 茅盾:《我走过的道路·上》,人民文学出版社1997年版,第187页。
②③ 茅盾:《旧形式、民间形式与民族形式》,《中国文化》1940年第1期。

"写实文学""社会文学"三位一体,这些文学主张都是在当时民族危机日益加剧的背景下提出的,具有深刻的觉世意义。而茅盾所倡导的世界文学的文学观,更是展现了他超越民族主义的开放态度,具有前瞻性和传世意义。

新中国成立后,茅盾依然坚持民族文学与世界文学之间的紧密关系,他在探讨和倡导民族文学的建设时,始终强调了文学作品的世界性特质。他指出,作家的成就不但是他们各自祖国宝贵的文学遗产,也是全世界人民宝贵的精神财富。由此可见,茅盾对民族文学和世界文学的设想始终是互通互联的,优秀的民族文学即世界文学的重要组成部分。

二、茅盾外国文学译介与其民族文学构想的关系

茅盾在《新文学研究者的责任与努力》一文中说,建设国民文学和世界文学"是我们的责任,达到完满这个责任的路子,自然介绍西洋文学也是其中之一"①。因此,要实现国民文学和世界文学,在"还没有文学邦像"的当时,自然需要大力译介、借鉴外国文学。通览茅盾"五四"之后至1921年前的翻译,所选择的作品大多属于弱小民族文学,也有少量来自法国的巴比塞、美国的爱伦·坡等人的作品。而1921年之后,茅盾就基本不再翻译英、美等强国的文学,而是更多关注中东欧、北欧、爱尔兰、犹太等弱小民族的作品。但是待新中国成立之后,在加强同苏联及其他社会主义国家的文学交流中,英、美、法等国文学似乎又重新回到了他的译介视域中。这与他建设民族文学的构想密切相关。

茅盾在20世纪二三十年代始终保持对小民族文学的译介热情。除

---

① 茅盾:《新文学研究者的责任与努力》,《小说月报》1921年第12卷第2号。

了在期刊上发表译作,他还结集出版了《雪人》《桃园》两部小民族文学作品集。茅盾在小民族文学译文集《雪人》的《自序》中回忆道:"三四年来,为介绍世界被压迫民族的文学之热心所驱迫,专找欧洲小民族①的近代作家的短篇小说来翻译。当时的热心,现在回忆起来,犹有余味。"②欧洲的一些小民族当时与中国同处民族危机的艰难时刻,译介他们的文学,与中华民族觉醒、民族革命的信念以及民族文学的建立密不可分。

茅盾译介的小民族文学主要包括中东欧、北欧、爱尔兰、犹太等民族的文学。中国历来有一个传统,即总结并编撰前代历史,为当代统治者提供借鉴。为了抵御外国侵略,争取民族独立,挽救国家危亡,我们常常借助那些国家被瓜分、灭亡的历史,作为中国救亡图存和变法维新的重要史鉴,以期待唤醒国人的觉醒和自强意识。最早在国内出现的这类翻译作品是在1906年,由近代翻译家吴梼从日文版转译的波兰作家显克微支的小说《灯台守》、李石曾翻译的波兰剧作家廖亢夫(Leopold Kampf)的话剧《夜未央》。

若说最早有意识地提倡和翻译弱小民族文学的代表人物,当属鲁迅和周作人。周作人早在1908年就翻译出版了匈牙利作家约卡伊(Jókai Mór,周作人译为育珂·摩耳)的小说《匈奴奇士录》(*Mids the Wild Carpathians*),又在同年发表论文《哀弦篇》,指出波兰、乌克兰、希伯来等国家或民族的文学"莫不有哀声逸响,迸发其间",然而这些国家"虽亦有黯淡之色,而尚无灰死之象焉";反观中国,面临亡国之危时,连哀鸣之音都没有,显出"华土之寂漠耳"。周作人翻译弱小民族文学的初衷,可以视为民族精神的一种努力。1909年鲁迅和周作人合译的《域外小说集》主要刊载了弱小民族文学。这部小说集收入短篇小说译作16篇,其中13篇可以归入

---

① 通常被称为"弱小民族"。
② 茅盾:《雪人》,开明书店1928年版。

"弱小民族文学"一类。

茅盾是在鲁迅和周作人的影响下走上弱小民族文学译介道路的,他在《小说月报》上大力推广俄苏文学和弱小民族文学,也得到了两位前辈的支持①,但是茅盾在这个译介路径上还是开辟了自己的特色,加以时势所然,使他成为继周氏兄弟之后,译介成就和影响力最大的新文学人士。

鲁迅译介弱小民族文学,主要看中的并不是其中的文学价值。他刊登在1929年7月20日《奔流》月刊上给张逢汉的复信中说:"我们因为想介绍些名家所不屑道的东欧和北欧文学……所以暂只能用重译本,尤其是巴尔干诸小国的作品,原来的意思,实在不过是聊胜于无,且给读书界知道一点所谓文学家,世界上并不止几个受奖的泰戈尔和漂亮的曼殊斐儿之类。"茅盾则看中了他们的文学价值,相信在世界各国文学大花园中,每个民族的文学都有其特点和独特的贡献,把译介这些国家的文学作为实现中国民族文学的手段。这种文学观摒弃了对大国文学的盲目崇拜,而是秉持平等的心态,以公正的态度对待各国文学。亨利·雷马克(Henry Remak)曾指出:"在许多情况下,少数民族文学并非在质量上处于次要位置,他们之所以'次要',仅仅是因其置身于'主要'的占人口多数的民族自以为是、沾沾自喜的文化氛围中,或是置身于政治强国或文化大国的对比之中。"也就是说,少数民族文学并非不优秀,而是因为它们是"少数"故处于被遮蔽的状态。② 弱小民族文学中蕴藏着大量值得中国学习的地方。

茅盾对弱小民族文学的译介在以下几方面影响民族文学的建设。

第一,掀起国语运动。

---

① 参见陈漱渝:《鲁迅与茅盾早年交往的几件事》,《锦州师范学院学报(哲学社会科学版)》1979年第1期。钟桂松,《茅盾和周作人的早年交往》,《古今谈》2015年第1期。
② 参见宋炳辉:《弱小民族文学的译介与20世纪中国文学的民族意识》,复旦大学博士论文2004年。

茅盾指出,"西洋各国国语成立的历史,都是靠着一二位大文学家的著作做了根基,然后慢慢地修补写成,成了一国的国语文字",因此,"中国的国语运动此时为发始试验的时候,实在极需要文学来帮忙"。① 国外通过文学家的著作来确立国语的例子,为茅盾提供了深刻的启示。因此,茅盾积极推广并详细介绍国外国语文学运动的事例。其中犹太意第绪语文学便是他重点关注的一例。意第绪语本是流散的犹太人说的一种土话,在20世纪之交随着民族运动逐渐复兴。但是茅盾等人误把意第绪语当作犹太人的白话,将意第绪语文学运动作为中国白话文运动的范例并进行大力译介,在海外文坛消息上多次介绍意第绪语文学,并且翻译了多部作品。

第二,寻求民族认同、振奋民族精神。

茅盾在《小说月报》《被损害民族的文学号》的引言中,详细阐述了研究被损害民族的文学的重要性及必要性:

> 他们中被损害而向下的灵魂感动我们,因为我们自己亦悲伤我们同是不合理的传统思想与制度的牺牲者;他们中被损害而仍旧向上的灵魂更感动我们,因为由此他们更确信人性的砂砾里有精金,更确信前途的黑暗背后就是光明。

"被损害"一词来自陀思妥耶夫斯基的长篇小说名《被侮辱与被损害的》,该作讲述了冒险家和骗子华尔戈夫斯基亲王同被他侮辱和损害的人们之间的冲突,同时展现了其女儿坚韧不屈的反抗精神。茅盾借用该词,明确地表达了他对"被损害"民族的同情。由于弱势民族具有被损害的特性,他们常常承载着民族的焦虑。这种焦虑在文学作品中的表现就是关

---

① 茅盾:《新文学研究者的责任和努力》,《小说月报》1921年第12卷第2号。

注自身的弱势地位,并试图通过文学的力量唤起民族的觉醒与自强。这正是茅盾希望引入中国文学领域、因此大力译介这些作品的原因所在。在该文学专号中,茅盾介绍了波兰、捷克斯洛伐克、芬兰、乌克兰、南斯拉夫、保加利亚等国"被损害"的情况及其文学,表达了同情,同时也希望借译介它们的文学,唤起中国国民民族斗争和反抗的精神。

茅盾深受匈牙利民族文学中流露出的坚韧不拔的民族斗争精神触动。为了激发和振奋国人的民族精神,茅盾毅然决然地投身于匈牙利文学的译介工作。茅盾在《十九世纪及其后的匈牙利文学》一文中谈到李特尔(F. Riede)著本国文学史,说:"匈牙利的特赋就是强烈的民族精神,从这民族精神上就兴起了民族的文学。从此以后,匈牙利人的生活和文学完全互表同情,而且关连密切;到了十九世纪中叶,新目的到了人民面前,热切的爱国主义也热切地欢迎德谟克拉西的思想,民族文学到此已达了顶点"①。他翻译了《欧战给与匈牙利文学的影响》②,文章讲述欧战使匈牙利文学的民族主义情绪空前高涨。在文学作品方面,他翻译了反映战争的匈牙利作家拉兹古(Andreas Latzko)的《一个英雄的死》③和反映战争中对人民的压迫的《复归故乡》④。茅盾还译介了匈牙利爱国诗人阿兰尼(János Arany 茅盾译为亚拉奈)的诗歌《英雄包尔》⑤。《英雄包尔》讲述了英雄包尔与未婚妻生离死别的故事,营造了雄壮、悲凉的氛围。茅盾译介的另一位匈牙利作家是约卡伊(他译为育珂)。约卡伊曾同裴多菲等人组成青年进步作家团体"十人协会",1848年3月15日与裴多菲等人在首都佩斯发动起义,为把匈牙利从奥地利的统治下解放出来。茅盾翻

---

① 茅盾:《十九世纪及其后的匈牙利文学》,《新青年》1921年第9卷第2、3号。
② [匈牙利]佐尔奈(B. Zolnai):《欧战给与匈牙利文学的影响》,茅盾译,《小说月报》1922年第13卷第11号。
③ [匈牙利]拉兹古:《一个英雄的死》,茅盾译,《小说月报》1921年第12卷第3号。
④ [匈牙利]拉兹古:《复归故乡》,茅盾译,《文学》1924年第141—153期。
⑤ [匈牙利]阿兰尼:《英雄包尔》,茅盾译,《小说月报》1922年第13卷第5号。

译了他的短篇战争小说《跳舞会》。在20世纪20年代初,茅盾兄弟都曾译介过裴多菲。1922年《小说月报》第13卷第4号,发表了沈泽民翻译的裴多菲诗歌《唯一的念头》。1923年是裴多菲的百年纪念,茅盾对译介这位民族主义诗人作了进一步的介绍,首先在这年1月,茅盾翻译了裴多菲的小说《私奔》,发表在《小说世界》第1卷第1期上。此外,他还撰写了《匈牙利爱国诗人裴多菲百年纪念》,发表在《小说月报》第14卷第1号上。茅盾倾力于匈牙利文学的译介工作,意在将那份深植于匈牙利民族血脉中的坚韧不屈与抗争精神传递给中国读者,希望中国读者能够从中汲取力量,共同塑造出一个更加坚韧、富有斗志的民族精神风貌。

茅盾在译介北欧文学的过程中,对北欧各国的民族性给予了极高的关注。这些北欧民族虽身处于现代化的边缘,长期遭受列强压迫,然而其文学作品中却流露出了民族爱国热情。正是在这样的历史背景下,涌现了一批爱国作家,芬兰爱国诗人鲁内贝格就是其中之一。茅盾翻译了他的诗作《莫扰乱了女郎的灵魂》《笑》《泪珠》,并在译者记中强调了他的爱国精神。茅盾特别欣赏北欧民族的忍苦与抗争自然的精神。茅盾早年受泰纳所著环境决定论的影响,认为北欧恶劣的自然环境塑造了北欧人民坚忍的品格,并且表现在其文学作品中。在茅盾看来,神话最能反映一个民族的原始生存状态,因此北欧神话成为茅盾关注的重点。从某种意义上说,北欧神话是欧洲文学的重要源头。1925年,他编写了《北欧神话》6篇,1930年他凭借对北欧神话的细致研究,撰写《北欧神话ABC》,这本书迄今为止仍是了解北欧神话的重要参考资料。

茅盾对意大利文学的译介不多,但是在这不多的介绍中,也重点强调了该地文学中的民族精神。茅盾早期特别注意意大利作家邓南遮(Gabriele d'Annunzio),写了介绍性文章《意大利现代第一文家邓南遮》[①],

---

① 茅盾:《意大利现代第一文家邓南遮》,《邓南遮将军劳乎》"海外文坛消息"第四二。

《邓南遮将军劳乎》①,《意大利戏曲家邓南遮的近作》,对邓南遮的民族精神和抗争精神大加赞赏。

第三,引入文学革命的论题。

茅盾早期的民族文学译介中,对爱尔兰民族文学的译介占了较大篇幅。英国曾经对爱尔兰有长达四百年的统治,并且有意矮化爱尔兰人的形象。19世纪末以来,爱尔兰人民开始兴起民族独立运动,抵抗殖民者对他们强加的典型形象,重建民族身份。1897年—1915年的爱尔兰戏剧运动就是在这样的背景下发生的。1897年9月,叶芝、爱德华·马丁(Edward Martyn)与格雷戈里夫人共同起草《爱尔兰文学剧团宣言》,标志着爱尔兰戏剧运动的开始。爱尔兰戏剧运动以"爱尔兰文艺复兴"为主题,挑战和颠覆英国殖民者对爱尔兰强加的文化形象,以戏剧空间发明了本民族的身份认同——爱尔兰特性(Irishness),为爱尔兰摆脱英国殖民统治,争取民族独立担当了文化先锋。在《近代文学的反流——爱尔兰的新文学》一文中,茅盾说,"爱尔兰新文学是基于民族解放主义的文学……爱尔兰新文学是爱尔兰民族的特色。为欲处处显出爱尔兰自己的精神,不愿为英吉利的文明盖倒,成为英吉利化,所以夏脱(叶芝)等有这运动出来。所以爱尔兰文学的地方色很浓,正是他的特色"②。茅盾十分欣赏爱尔兰人民坚贞不屈,保持自己的民族特色,发动革命摆脱了英国统治的英勇行为。茅盾在20世纪20年代初期的"海外文坛消息"栏目上发表了《爱尔兰文学家唐珊南被捕的消息》《爱尔兰文坛现状之一斑》《神仙故事集汇志——捷克斯拉夫、波兰、印度、爱尔兰等处的神话》《新爱尔兰文坛上失一明星》《爱尔兰的葛雷古夫人的新著》《爱尔兰文坛之现状》等文章对爱尔兰文学发展的现状作了详细的介绍。茅盾大力译介爱尔兰戏剧,

---

① 茅盾:《意大利戏曲家邓南遮的近作》,"海外文坛消息"第八四。
② 茅盾:《近代文学的反流——爱尔兰的新文学》,《东方杂志》1920年第6号。

前后共翻译了爱尔兰戏剧18部,分别为格雷戈里夫人的《月方升》《市虎》《海青·赫佛》《旅行人》《乌鸦》《狱门》,叶芝的《沙漏》,邓萨尼的《遗帽》。正如茅盾在《市虎》的译文前记说:"译者盖深信附带民族运动而起之文学运动颇值吾人之研究也。"①茅盾大力译介爱尔兰戏剧,正是希望中国能够引以为鉴,凭借文学运动走上民族自立的道路。

对于罗马尼亚文学,茅盾仅翻译过的短篇小说《春》②就是反映该国的文学运动。他在译前记中说:在罗马尼亚近代的文学运动,要从民俗风土中去汲取题材的文学运动,萨杜浮奴就是一个主角。这些开展民族文学运动国家的文学,为中国文学的改革提供了借鉴。

第四,正如在第一节中对茅盾理解的"民族文学"的探讨,民族文学不仅要批判、唤醒中国国民的国民性,还要展示民族善美的特性。他翻译的瑞典作家雷德贝里(Viktor Rydberg)的诗作《浴的孩子》刊登在1922年2月《小说月报》上,这篇诗作表现了童真童趣,1923年5月15日刊登在《诗》月刊上的《南斯拉夫民间恋歌》表现了爱情的美好,正是符合了他要"表现民族善美的特性"的愿望。

第五,树立弱小民族优秀文学的典范。茅盾尤其看重从弱小民族走出来的世界文豪。茅盾在介绍波兰籍诺贝尔文学奖获得者显克微支时说:"欲使人人的超现实世界中重新有一个波兰有一个犹太存在,到底还靠这两个民族的文学家能用自己的文学表现自己民族的思想和生活。"③波兰虽属弱小民族,但是诞生了优秀的民族文学作品,这极大鼓舞了身处相同民族处境、亟须发展民族文学的中国。除此之外,他译介了波兰的莱蒙特(Wladyslaw Reymont)、捷克扬·聂鲁达,匈牙利作家米克沙特

---

① 前记连同译文发表于1920年9月10日《东方杂志》第17卷第17号。
② 初刊于《文学》1934年第2卷第5号,署名为:罗马尼亚 Michail Sadoveanu 著,芬君译。原作者萨多维亚努(Michail Sadoveanu, 1880—1961),罗马尼亚作家。
③ 茅盾:《波兰近代文学泰斗显克微支》,《小说月报》1921年第12卷第2号。

(Mikszáth Kálmán)、保加利亚的伐佐夫、埃林·彼林(Elin Pelin)等东欧优秀作家。茅盾对北欧文学的译介同样源于这样的初衷。北欧虽由诸多弱小民族构成,却孕育出了易卜生等享誉全球的作家。茅盾也期望通过译介北欧文学能够激励中华民族在民族文学发展上的热情与创造力。他在"海外文坛消息"栏目开篇就介绍了挪威文学家汉姆生获得1920年诺贝尔文学奖的消息。此外还介绍了易卜生、斯特林堡、拉格洛夫(Selma Lagerlöf)、比昂松、瑟德尔贝等著名作家。除此之外,先后撰写和译介了《脑威写实主义前驱般生》《脑威现存的大文豪鲍具尔》《哈姆生和斯劈脱尔——新的诺贝尔文学奖金的两文豪》《十九世纪末丹麦大文豪约柯伯生》等文,翻译了拉格洛夫的短篇小说《圣诞节的客人》《罗本舅舅》、瑟德尔贝的短篇小说《印第安水墨画》、斯特林堡的短篇小说《人间世历史之一片》、斯特林堡的剧本《情敌》、比昂逊的剧本《新结婚的一对》等作品,向国人介绍了优秀的民族文学作品。

新中国成立后,茅盾的译介思路又出现了一个稍有异于整体诗学的"转向"——在提倡加强与苏联和其他社会主义国家以及亚非拉的文学交流中,西方古典主义、浪漫派和现代派都出现在他主编的期刊中,例如,他在主编《人民文学》时期刊登了《雨果诗钞》,在主编《译文》时期刊登了威廉·布莱克的诗选以及茨威格的心理小说。他在总结社会主义现实主义发展的论著《夜读偶记》中,强调欧美现代流派对现实主义的重要补充。这是他为广泛吸收外国文学、建设民族文学、丰富民族文学内涵作出的新的努力。

三、茅盾外国文学译介实践与世界文学的关系

茅盾重视翻译工作对人类精神文明互联互通的作用,他表示,文学"使人精神上得相感通,而且使人精神向上,齐向一个更大的共同的灵魂,

然而这是重大的工作,自古至今的文学家没有一个人曾经独立完成了这件大工作,必须合拢来,乃得稍近于完成……在这意义上,……翻译文学作品和创作一般地重要"①。从这段话可以看出,茅盾认为世界上各国的文学可以通过翻译实现共享,从而丰富世界文学库。茅盾对翻译这一功能的认识,与近一个世纪以后达姆罗什(David Damrosch)在《什么是世界文学?》一书中提出的世界文学是"离开起源地、穿越时空、以源语言或通过翻译在世界范围流通的文学作品"②,以及王宁提出的"世界文学是通过不同语言的文学的生产、流通、翻译以及批评性选择的一种文学历史演化"③在观念上相通,反映了他对翻译的功能的前瞻性认识。

在具体实践上,茅盾在20世纪20年代初有意避开了英、美、法等大国,把译介弱小民族文学作为实现世界文学的途径。当时英、美、法等大国文学的翻译规模已经十分庞大,而对弱小民族文学的译介相对薄弱,因此,在茅盾看来,要完成"使人精神上得相感通"这样的大任务,就必须加强弱小民族文学的译介,从而平衡各国翻译文学比重。除此之外,弱小民族文学对世界文学有独特的意义。

正如上一节所说,弱小民族中确实出现了许多优秀的作品。19世纪末20世纪初,中东欧、北欧涌现了一批杰出的作家,他们立足于本国、本地区的实际,创作出了反映现实生活和本民族特征的大量优秀小说、戏剧和诗歌,为发展民族的文学事业、同时也为丰富世界文学宝库做出了自己的贡献。20世纪初的诺贝尔奖得主中,比昂松、显克微支、拉格洛夫、梅特林克、泰戈尔、海顿斯坦姆、耶勒鲁普、彭托皮丹、施皮特勒、汉姆生、叶芝和莱蒙特等都来自弱小民族。20世纪20年代初,茅盾曾以不同的形式译介过以上这些人的作品。茅盾认为学习这些优秀的民族文学,能够

---

① 茅盾:《一年来的感想与明年的计划》,《小说月报》1921年第12卷第12号。
② 刘洪涛:《世界文学观念的嬗变及其在中国的意义》,《中国比较文学》2012年第4期。
③ 王宁:《"世界文学":从乌托邦想象到审美现实》,《探索与争鸣》2010年第7期。

使中国文学跻身于世界优秀民族文学,这是中国文学走向世界的途径之一。

此外,出于民族同情心和对民族崛起的热望,茅盾特别关注与中国处于相同处境的民族的优秀文学。这些民族的文学在世界文学中脱颖而出,出于对同样处于弱势地位的国民境遇深感同情,且对于中国文学尚待发展的现状,茅盾深感责任重大。他坚信,译介北欧文学将对中国的文学发展产生莫大的激励作用。为此,他曾大力介绍获诺贝尔奖的小民族文学作家,如波兰的显克微支、挪威的汉姆生。茅盾曾翻译了显克微支的游记《游美杂记》,并且撰写了文章专门介绍这位文学家。对于汉姆生,他更是写了《脑威文豪哈姆生获得一九二〇年的诺贝尔文学奖金》《哈姆生的生平余闻》《哈姆生的〈饿者〉》《哈姆生的 Pan》《哈姆生最近作的〈井旁妇人〉》《哈姆生的〈土之生长〉》等一系列文章介绍其人其文。在介绍波兰作家显克微支的文章《波兰近代文学泰斗显克微支》一文中,茅盾说,"十九世纪后半叶,世界文学界上忽然出现了两个面生的民族的文学,很震动一般人的耳目——这就是波兰的新兴文学和犹太的新兴文学。波兰和犹太——这两个老民族,在欧罗巴的地图上早失却他们的位置了,然而在世界的学术史上,……他们的努力的结果,常常是震惊一世的新学说、新理想……"①波兰和犹太通过杰出的文学作品为民族赢得荣誉的事例,对同处于悲惨民族境遇的中国有很大的启发。茅盾之所以译介这两个国家的文学,就是希望中国文学能像它们一样,跻身世界优秀文学之林,复兴中华。

19 世纪丹麦著名文学批评家勃兰兑斯(Georg Morris Cohen Brandes)在 1899 年写的《世界文学》一文中,从北欧小国的角度,提出小国进入世界文学时遭受的不平等待遇。他指出,并不是所有民族文学的作品都能

---

① 茅盾:《波兰近代文学泰斗显克微支》,《小说月报》1921 年第 12 卷第 2 号。

够进入世界文学殿堂,世界文学只属于少数杰作。在这方面,法、英、德等大国具有最大的优势,而用其他欧洲语言写作,都会在声誉的竞争中处于明显不利的位置,因为小国语言文学作品更少有机会被翻译成世界主要语言。因此,小民族文学家在世界范围内获得关注,比如获得诺贝尔文学奖,预示了小民族文学同样可以走向世界,这也是弱小民族与英、美等强国在文学领域的一种较量。

茅盾所指的世界文学还指表现全人类的文学,而弱小民族文学更能反映出人类的共同情感,且更具有对全人类的关怀。王宁在谈到来自小民族的世界著名文学家时说,世界著名作家如"詹姆斯·乔伊斯来自爱尔兰,弗朗茨·卡夫卡来自捷克,V. S. 奈保尔来自特立尼达,加西亚·马尔克斯来自哥伦比亚,奥尔罕·帕穆克来自土耳其,米兰·昆德拉来自捷克斯洛伐克,如此等等。还可以列举更多来自小民族的世界级大作家,当然也包括来自挪威的易卜生"[①],一个解释就是"既然这些作家来自弱小的民族和国家,他们便从一开始就有着广阔的世界主义视野和全球关怀,即不仅关怀自己的同胞,同时更关怀整个人类,为人类而生活,为人类而写作。我们都知道,能够跻身世界文学的伟大作家不仅应为本国/民族的读者而写作,同时也应该为国际读者而写作"[②]。正是因为弱小民族文学拥有表现全人类共同情感的能力,茅盾在20世纪20年代初对他们进行广泛的译介,从而折射出全人类丰富的情感。波兰作家热罗姆斯基的《暮》以及法国巴比塞的《为母的》表现了母性的伟大;瑞典作家拉格洛夫的《圣诞节的客人》表现了乡民的朴实和善良;瑞典作家斯特林堡的小说《人世间历史之一片》表现了真爱以及人生的无可奈何,而他的《强迫的婚姻》则表现了没有爱情的婚姻的不幸;热罗姆斯基的《诱惑》表现了宗教对人性

[①][②] 王宁:《易卜生与世界主义:兼论易剧在中国的改编》,《外国文学研究》2015年第37卷第4期。

的压迫和人性的淳朴自然;泰戈尔的《髑髅》表现了对生的热爱。这些感情是人类所共通的,只是中国当时还没有文学去挖掘这些感情、表现这些感情,而茅盾借助翻译做到了。

茅盾凭借译介弱小民族文学来实现世界文学的策略在今天仍然行得通。李欧梵在介绍昆德拉和马尔克斯两位新起的外国作家时,曾建议如果中国当代文学想走向世界,就应该"注意南美、东欧和非洲的文学,向世界各地区的文学求取借镜,而不必唯英美文学马首是瞻"[①]。相较于英美法等大国,弱小民族在文学创作中展现出了更加开放的姿态,他们积极吸收借鉴外国文学的精华,展现出更高的包容性。这种态度对于正在积极探索、建设新文学的中国而言,具有极大的启发意义。中国同样需要借鉴外来资源,以更加包容的心态面对世界文学的多样性,建设自己的新文学。

茅盾对弱小民族世界性的关注和译介,体现了他超越当下民族危机和展望全人类未来的胸怀,开阔了国人的视野,为强调民族主义的20世纪二三十年代注入了新鲜的活力,在一定程度上使文学创作摆脱了民族主义的局限性,为中国文学跻身世界优秀文学之林奠定了基础。

新中国成立后,中国对外国文学的译介重点转而变成了苏联文学及其他社会主义国家文学,欧美文学反而成为被批判的对象。在这样的情况下,他却再次提起雨果等世界文豪。在《为什么我们喜爱雨果的作品》一文中,他解释雨果之所以在中国享有盛誉,是因为他的文学道出了同中国人一样的感情,即"反映全人类共同感情"的文学,也就是世界文学。这样的文学表现了全体人类的共同感情,是值得中国学习的。茅盾意在说明,尽管雨果来自资本主义国家,属于浪漫主义流派,但是仍然有值得借鉴的地方。以这个角度在"亲苏"的诗学背景下对世界文豪进行译介,弥

[①] 李欧梵:《世界文学的两个见证:南美和东欧文学对中国现代文学的启发》,《外国文学研究》1985年第4期。

补了当时对欧美文学译介不足的状况,同时有利于纠正本土文学公式化、模式化的弊端,使中国文学始终在朝世界优秀文学的方向努力。20世纪50年代的茅盾参加了一系列国际文学交流活动和世界文化名人纪念活动,如《世界和平理事会》《世界文化名人纪念大会》《世界作家"圆桌"》,以及中国与各国文化界代表团的交流活动,他从强调一个国家的文学作品和文学家对于世界的重要意义入手,提倡不同国家的文学之间交流的重要性,也体现了他超越当下、着眼全人类的世界文学观。

结　语

结　语

作为新文学者,茅盾对翻译有崇高的寄望。茅盾以译介开启创作,翻译是其个人文学实践的开端和重要一环。在他看来,"翻译文学作品和创作一般地重要,而在尚未有成熟的'人的文学'之邦像现在的我国,翻译尤为重要"①。借助翻译来开启民智是当年知识分子的普遍态度,且在茅盾身上表现尤甚。

正因如此,初涉足文学界的茅盾才自觉地去翻译自强不息的人物的传记,他才能够放眼国外,看到文学对俄国、法国革命的作用,这也塑造了他的翻译信念——翻译必须有社会功用。

翻译不仅为茅盾开阔了眼界,赋予了他开明进步的思想,使他这个二十出头的年轻人担任《小说月报》的主编,勇敢地举起改革的大旗。他正是凭借翻译活动所展现出的卓越才华以及进步的思想,得到了陈独秀的青睐,受邀加入了共产主义小组,共同为革命理想而奋斗。同时,茅盾始终保持开阔的视野,广泛吸收外国文学资源,这一特质也成就了茅盾的文学创作,使他创作出《子夜》等具有里程碑意义的作品。

20世纪初文学者对待外语的态度,对今天的外语学习也有很大启发。面对全球化日益发展、多元文化的交流和传播日益紧密的今天,外语更应该成为学人开阔眼界的助力。遗憾的是,在今天,外语课程旨在提升学生的语言能力,为学生日后求职打下基础。这样将外语视为一种语言工具的做法,触及的仅仅是翻译的表层作用。甚至有很多人出来反对外语学科,认为这样的学科毫无思想的价值。当今的科技发展日新月异,机器翻译发展迅速,倘若再继续把外语作为求职的敲门砖和不同语言转换的工具,外语专业迟早要被淘汰。我们应该重新审视外语的重要意义,要

---

① 茅盾:《一年来的感想与明年的计划》,《小说月报》1921年第12卷第12号。

认识到外语学习带给人的,是开阔的视野和博大的眼界。这一点,茅盾早在一百年前就认识到了。

本研究关注到了茅盾的开阔的视野和对翻译功用的认识。也正因为如此,本研究没有聚焦于文本对比和具体的文本研究,而是着眼于茅盾的外国文学译介活动与他建设新文学的活动之间的关系。茅盾成长于西方思潮大量涌入的时代,他深知中西方文学在引领社会思潮方面的重要作用。因此,他怀揣着将文学的这种社会功用引入中国文学的愿景。在外国文学译介中,他分析不同文学流派与社会的关系,把有利于社会发展的流派及其代表作品译介到中国。他并非全盘引入外国文学流派,而是根据中国的具体需要加以改造。在这样的情况下,现代派或者说有点神秘主义的新浪漫主义、带有科学主义特征的自然主义,都成了他建立"为人生"文学的理论资源。后来随着他对文学的阶级性的认识,他转而译介无产阶级文学。他对文学流派的选择不是一贯不变的,但是他对文学的社会功用的坚持是不变的。

正是因为他的文学视角受社会影响明显,他的译介活动与当时社会环境有密切关系。20世纪20年代初,他的译介活动与商务印书馆的改革趋势紧密相连,同时也与文学研究会倡导的"为人生"文学理念有着深厚的联系。然而,到了20世纪30年代,他的译介活动却面临国民政府审查制度的严峻挑战,不得不在与审查制度的斗争中艰难生存。

文学激变时期,茅盾提出人的文学、民族文学、世界文学三位一体的文学理念。他倡导的民族文学,不仅仅是批判国民性的民族文学,更是展现一个民族"美的特质"的文学,因此他译介的民族文学题材广泛。同时,他希望中国的民族文学能跻身世界文学之林,因而关注民族文学中的世界性因素。

茅盾的这些译介活动都是通过其掌握的唯一外语——英语展开的,除少量英语文学外的所有外国文学译介,均以英语为中介语。一方面,正

结　语

是通过英语媒介,茅盾拓宽了自己的世界文学视野,了解并向汉语世界介绍了多元丰富的外国文学历史和发展趋势。同时,通过英语中介译本,茅盾接触了原本无从接触的外国文学作品,并且将它们译介到中国,极大丰富了中国文学的借鉴资源;另一方面,英语国家对这些外国文学译介的特点,包括对象的选择、译介的方式与策略等,也限制了茅盾实现他全面介绍外国文学的目标,并且使他的译介夹带了当时英语国家译介的种种痕迹。

正如王友贵所说,中国的翻译家研究,开始出现新的气象,不仅研究队伍扩大,而且研究视野、研究角度等方面皆有变化。从文化消费角度讲,翻译文学作品在20世纪中国文化市场,差不多占有半壁江山;从新文学库、经典作品库、理论库和思想库的角度讲,翻译作品恐怕还不止半壁。[①] 因此,对那些曾经起过重要作用的翻译家研究,应该是21世纪初一项有意义的基础学术工作。本研究正是关于作家翻译活动研究的一次探索。

基于本研究,笔者还有一点对未来的展望。本研究所谈论的很多问题都涉及一个翻译现象——转译。20世纪初的中国文坛和翻译界,通过第三种语言转译外国文学的现象非常普遍,事实上,至今仍有不少借助于第三种语言转译文学作品的现象。对于翻译者个体而言,其所掌握的外语语种和熟练程度,都对其译介带来种种影响,但对这种影响的研究在研究界还未被足够重视。转译研究对于深入研究外来文学资源的历史特点,拓展中国翻译文学史及中外文学关系研究,是一个很好的切入点。

本研究仍存在一定的不足。对于致力于研究外国文学在中国译介和传播的学者而言,他们常常会面临一个质询,那就是是否通晓研究对象国的语言。遗憾的是,笔者为英语专业背景出身,粗通德语,对茅盾译介的

---

① 王友贵:《翻译西方与东方:中国六位翻译家》,四川人民出版社2004年版。

重点——俄语、北欧、中东欧文学语言不甚了解。由于本研究的侧重点在研究茅盾的外国文学活动以及与建设新文学的目标的关系,并不涉及大量的非通用语种的文本分析,因此语言问题对于本研究来说并没有太大阻碍。但是,如果需要对茅盾具体翻译的文本的文体特征的传递等进行分析,精通这些非通用外语还是有必要的。

既然本研究没有打算将茅盾单纯作为一个翻译家来研究,而是研究他的外国文学译介与新文学构想之间的关系,这就不仅涉及翻译研究,而且也涉及中外文学关系研究。按照传统的研究思路,本研究最好能加入一章"影响研究",即考察茅盾的外国文学译介工作究竟对中国文学的发展有何影响,或是研究茅盾文学创作和其他现当代文学创作中的"世界性因素"[1]。遗憾的是,由于知识结构所限,笔者暂时无法探讨这一问题。

---

[1] 陈思和:《20世纪中外文学关系研究中的"世界性因素"的几点思考》,《中国比较文学》2001年第1期。

附录一　茅盾译文篇目和相关附记

初刊时间	参与方式	篇名	体裁	作者	国籍	初次刊登于
1916年10月	编译	《衣食住》	科普	卡本脱	美国	
1917年1月	翻译	《三百年后孵化之卵》	科幻	威尔士	英国	《学生杂志》
1918年1月5日	翻译	《两月中之建筑谭》	科学	洛赛尔·彭特	美国	《学生杂志》
1918年4月5日	翻译	《履人传》	传记			《学生杂志》
1918年7月5日	编译	《二十世纪后之南极》	科普			《学生杂志》
1918年8月	编译	《狮螺访猪》《狮受蚊欺》《傲狐辱蟹》《学由瓜得》《风雪云》《千匹绢》	童话			《童话》（商务印书馆出版）
1918年9月5日	编译	《缝工传》	传记			《学生杂志》
1918年10月5日、11月5日	翻译	《求幸福》	剧本			《学生杂志》
1919年2月5日	翻译	《地狱中之对谭》	剧本	萧伯纳	英国	《学生杂志》
1919年2月	翻译	《肖伯纳》	传记			《学生杂志》
1919年8月20—22日	翻译	《在家里》	小说	契诃夫		
1919年8月28日	翻译	《界石》	剧本	希尼茨劳	奥地利	《学灯》
1919年9月18日	翻译	《他的仆》	小说	斯特林堡	瑞典	《学灯》
1919年9月30日	翻译	《夜》	诗歌	伊丽莎白·J.古兹沃思	美国	《学灯》
1919年9月30日	翻译	《日落》	诗歌	埃雷林韦尔		《学灯》

续 表

初刊时间	参与方式	篇名	体裁	作者	国籍	初次刊登于
1919年10月7日	翻译	《一段弦线》	小说	莫泊桑	法国	《学灯》
1919年10月11日	翻译	《卖诽谤的》	小说	契诃夫	俄罗斯	《学灯》
1919年10月15日	翻译	《丁泰琪之死》	剧本	梅特林克	比利时	《解放与改造》
1919年10月25日	翻译	《情人》	小说	高尔基	俄国*	《学灯》
1919年11月	写和译	《妇女解放问题的建设方面》	论说			《妇女杂志》
1919年11月15日	翻译	《新偶像》	政论	尼采	德国	《解放与改造》
1919年12月1日	翻译	《市场之蝇》	政论	尼采	德国	《解放与改造》
1919年12月5日	翻译	《探"极"的潜艇》	科普			《学生杂志》
1919年12月15日	翻译	《社会主义下的科学与艺术》	政论	罗塞尔		《解放与改造》
1919年12月18日	翻译	《诱惑》	小说	什罗姆斯基	波兰	《学灯》
1919年12月24日	翻译	《万卡》	小说	契诃夫	俄国	《学灯》
1919年12月27日	翻译	《一个农夫养两个官》	小说	萨尔蒂科夫	俄国	《学灯》
1919年1月1日	翻译	《广义派政府下的教育》	政论			《解放与改造》
1920年1月5日	翻译	《现在妇女所要求的是什么》	论说	M. L. 戴维斯		《妇女杂志》
1920年1月5日	翻译	《历史上的妇人》	论说	沃德		《妇女杂志》
1920年1月5日	翻译	《活尸》	剧本	托尔斯泰	俄国	《学生杂志》
1920年1月10日、25日	翻译	《巴苦宁和无强权主义》	政论	罗素	英国	《东方杂志》

附录一 茅盾译文篇目和相关附记

续　表

初刊时间	参与方式	篇名	体裁	作者	国籍	初次刊登于
1920 年 25 日	翻译	《欧洲妇女的结合》	论说	恩淑南		《妇女杂志》
1920 年 25 日	翻译	《结婚日的早晨》	剧本	希尼茨劳	奥地利	《妇女杂志》
1920 年 2 月 10 日	翻译	《俄国人民及苏维埃政府》	政论	杰罗姆·戴维斯		《东方杂志》
1920 年 2 月 10 日	翻译	《圣诞节的客人》	小说	拉格洛夫	瑞典	《东方杂志》
1920 年 3 月 5 日	翻译	《爱情与结婚》	提译	艾伦·凯		《妇女杂志》
1920 年 3 月 25 日	翻译	《沙漏》	剧本	叶芝	爱尔兰	《东方杂志》
1920 年 4 月 5 日	翻译	《情敌》	剧本	斯特林堡	瑞典	《妇女杂志》
1920 年 4 月 5 日	翻译	《女子的觉悟》	论说	海尔夫人		《妇女杂志》
1920 年 4 月	编译	《IWW 研究》	政论	勃列生顿	美国	《解放与改造》
1920 年 4 月	翻译	《托尔斯泰与文学》	文论			《改造》
1920 年 5 月 10 日	翻译	《未来社会之家庭》	论说	柯隆太	俄国	《东方杂志》
1920 年 5 月 25 日	翻译	《安得列夫》	文论	J. 奥尔金		《东方杂志》
1920 年 7 月 5 日	翻译	《天河与人类的关系》	科普论文	华莱士·A. R		《学生杂志》
1920 年 7 月 5 日	翻译	《两性间的道德关系》和前记	论说	帕特里克·格迪斯、J. 阿瑟·涝姆森	英国	《妇女杂志》
1920 年 7 月 25 日	翻译	《和平会议》	剧本	佩克	美国	《东方杂志》
1920 年 7 月 30 日	翻译	《错及前记》	小说	巴比塞	法国	《学艺杂志》
1920 年 8 月 5 日	翻译	《室内》	剧本	梅特林克	比利时	《学生杂志》

续　表

初刊时间	参与方式	篇名	体裁	作者	国籍	初次刊登于
1920年8月25日	翻译	《遗帽》	剧本	邓萨尼勋爵	爱尔兰	《东方杂志》
1920年9月5日	翻译	《妇女运动的造成》	论说	海尔夫人		《妇女杂志》
1920年9月10日	翻译	《市虎》	剧本	葛雷古夫人	爱尔兰	《东方杂志》
1920年9月25日	翻译	《心声》	小说	爱伦坡	美国	《东方杂志》
1920年10月1日	翻译	《游俄之感想》	政论	罗素	英国	《新青年》
1920年10月5日	翻译	《火山——地球上的火山、月球上的火山和实验室里的火山》	科普	贝洛	法国	《学生杂志》
1920年10月5日	翻译	《家庭生活与男女社交的自由》	论说	纪尔曼夫人	美国	《妇女杂志》
1920年11月1日	翻译	《罗素论苏维埃俄罗斯》	政论	哈德曼	美国	《新青年》
1920年12月7日	翻译	《共产主义是什么意思——美国共产党中央执行委员会宣言》	政论			《共产党》
1920年12月7日	翻译	《美国共产党党纲》	政论			
1920年12月7日	翻译	《共产党国际联盟对美国IWW的恳请》	政论			
1920年12月7日	翻译	《美国共产党宣言》	政论			
1921年1月10日	翻译	《新结婚的一对》	剧本	般生	挪威	《小说月报》
1921年1月10日	翻译	《伧夫》	小说	梅尔顿思	阿根廷	《民国日报·觉悟》

附录一 茅盾译文篇目和相关附记

续 表

初刊时间	参与方式	篇名	体裁	作者	国籍	初次刊登于
1921年2月10日	翻译	《名节保全了》和译后记	小说	考贝	法国	《小说月报》
1921年3月20日	翻译	《罗本舅舅》	小说	拉格洛夫	瑞典	《教育杂志》
1921年4月5日	翻译	《七个被缢死的人》	小说	安特莱夫	俄国	《学生杂志》
1921年4月7日	翻译	《共产党的出发点》	政论	霍格杜		《共产党》
1921年4月10日	翻译	《人世间历史的一片》	小说	斯特林堡	瑞典	《小说月报》
1921年4月11日	翻译	《一封公开的信：给〈自由人〉月刊记者》	政论	勃拉克女士	英国	《新青年》
1921年5月1日	翻译	《西门的爸爸》	小说	莫泊桑	法国	《新青年》
1921年5月1日	翻译	《大仇人》	小说	高尔基	苏联	《民国日报·觉悟》，后重译为《巨敌》，1923年11月10日刊登于《中国青年》
1921年5月7日	翻译	《国家与革命》	政论	列宁	俄国	《共产党》
1921年7月10日	翻译	《印第安墨水画》和译后记	小说	苏特尔褒格	瑞典	《小说月报》
1921年7月10日	翻译	《禁食节》	小说	潘士	以色列	《小说月报》
1921年8月10日	翻译	《罗曼·罗兰评传》	传记	安娜·努斯鲍姆		《小说月报》
1921年8月10日	翻译	《美尼》	剧本	宾斯奇	以色列	《小说月报》
1921年8月10日	翻译	《愚笨的裘纳》	小说	南罗达	捷克	《小说月报》
1921年8月31日	翻译	《一队骑马的人》	散文	博耶尔	挪威	《新青年》

续 表

初刊时间	参与方式	篇名	体裁	作者	国籍	初次刊登于
1921年9月1日	翻译	《海清赫佛》	剧本	葛雷古夫人	爱尔兰	《新青年》
1921年9月4日	翻译	《海里的一口钟》	诗歌	檀曼尔	德国	《民国日报·觉悟》
1921年9月10日	翻译	《旅行到别一世界》	小说	米克沙特	匈牙利	《小说月报》
1921年9月10日	翻译	《安琪立加》	小说	蔼夫达利阿谛斯	新希腊	《小说月报》
1921年9月10日	翻译	《冬》	剧本	阿胥	犹太	《小说月报》
1921年9月10日	翻译	《失去的良心》	小说	谢特林	俄国	《小说月报·俄国文学研究专号》
1921年9月10日	翻译	《看新娘》	小说	乌斯潘斯基	俄国	《小说月报·俄国文学研究专号》
1921年9月10日	翻译	《杀人者》	小说	库普林	俄国	《小说月报·俄国文学研究专号》
1921年9月10日	翻译	《莫萨特与沙莱里》	小说	普希金	俄国	《小说月报·俄国文学研究专号》
1921年9月10日	翻译	《蠢人》	小说	列斯考夫	俄国	《小说月报·俄国文学研究专号》
1921年10月1日	翻译	《俄国的新经济政策》	小说	布哈林	俄国	《新青年》
1921年10月10日	翻译	《夜夜》	诗歌	檀曼尔	德国	《民国日报·觉悟》
1921年10月10日	翻译	《芬兰的文学》	文论	赫米恩·拉姆齐登		《小说月报·被损害民族的文学号》

附录一 茅盾译文篇目和相关附记

续　表

初刊时间	参与方式	篇名	体裁	作者	国籍	初次刊登于
1921年10月10日	翻译	《贝诺思亥尔思来的人》	小说	阿莱汉姆	犹太	《小说月报·被损害民族的文学号》
1921年10月10日	翻译	《茄具克》	小说	森陀卡尔斯基	克罗西亚	《小说月报·被损害民族的文学号》
1921年10月10日	翻译	《旅程》	小说	具克	捷克波西米亚	《小说月报·被损害民族的文学号》
1921年10月10日	翻译	《匈牙利国歌》	诗歌	裴多菲		《民国日报·觉悟》
1921年10月10日	翻译	《伧夫》	小说	梅尔顿思	阿根廷	《民国日报·觉悟》
1921年10月12日	翻译	《莫扰乱了女郎的灵魂》	诗	罗纳褒格	芬兰	《民国日报·妇女评论》
1921年10月26日	翻译	《泪珠》	诗	罗纳褒格	芬兰	《民国日报·妇女评论》
1921年10月26日	翻译	《"假如我是一个诗人"》	瑞典	巴士	瑞典	《民国日报·妇女评论》
1921年11月02日	翻译	《乌克兰民歌》	诗歌			《民国日报·妇女评论》
1921年11月04日	翻译	《无聊的人生》		朱尔·罗曼	法国	《民国日报·妇女评论》
1921年11月10日	翻译	《女王玛勃的面网》	短篇小说	达利畦	尼加拉瓜	《小说月报》
1921年11月11日	翻译	《佛列息亚底歌唱》	诗歌	阿特博姆	瑞典	《民国日报·觉悟》
1922年1月1日	翻译	《让我们做和平的兄弟》	政论	玛利亚王后	罗马尼亚	《民国日报·妇女评论》

续　表

初刊时间	参与方式	篇名	体裁	作者	国籍	初次刊登于
1922年1月1日	翻译	《二部曲〈神圣的前夕〉〈在教堂里〉》	诗	繁诗科儿支	乌克兰	《诗》
1922年1月10日	翻译	《拉比阿罗巴的诱惑》	小说	宾斯奇	犹太	《小说月报》
1922年1月10日	翻译	《永久》	诗歌	泰伊纳	瑞典	《小说月报》
1922年1月10日	翻译	《季候鸟》	诗歌	泰伊纳	瑞典	《小说月报》
1922年1月10日	翻译	《辞别我的七弦竖琴》	诗歌	泰伊纳	瑞典	《小说月报》
1922年1月10日	翻译	《祈祷者》	诗歌	西曼陀	阿美尼亚	《小说月报》
1922年1月10日	翻译	《假如我是个诗人》	诗歌	巴士	瑞典	《小说月报》
1922年1月10日	翻译	《少妇的梦》	诗歌	西曼陀	阿美尼亚	《小说月报》
1922年1月10日	介绍	《祈祷者》《少妇的梦》的译后记	序跋	茅盾		《小说月报》
1922年1月10日	翻译	《东方的梦》	诗歌	特·琨台尔今译肯塔儿	葡萄牙	《小说月报》
1922年3月1日	翻译	《旅行人》	剧本	葛雷古夫人	爱尔兰	《民国日报·妇女评论》
1922年3月8日	翻译	《旅行人（续）》	剧本	葛雷古夫人	爱尔兰	《民国日报·妇女评论》
1922年3—6月	翻译	《乌鸦》	剧本	葛雷古夫人	爱尔兰	《民国日报·妇女评论》
1922年4月10日	翻译	《卡利奥森在天上》	小说	包以尔	挪威	《小说月报》

附录一 茅盾译文篇目和相关附记

续 表

初刊时间	参与方式	篇名	体裁	作者	国籍	初次刊登于
1922年5月3日	翻译	《生育节制底过去现在和将来》	论说	桑格夫人		《民国日报·妇女评论》
1922年5月10日	翻译	《英雄包尔》	诗歌	亚拉奈	匈牙利	《小说月报》
1922年5月10日	介绍	《英雄包尔》的译后记	序跋	茅盾		《小说月报》
1922年5月10日	翻译	《盛筵》	剧本	莫奈尔	匈牙利	《小说月报》
1922年5月10日	翻译	《路意斯》	剧本	霍夫	芬兰	《小说月报》
1922年5月10日	翻译	《波兰——一九一九》	剧本	斯宾声		《小说月报》
1922年5月10日	翻译	《却绮》	剧本	阿哈洛垠	亚美尼加	《小说月报》
1922年11月1日	翻译	《狱门》	剧本	葛雷古夫人	爱尔兰	《民国日报·妇女评论》
1922年11月8日	翻译	《狱门(续)》	剧本	葛雷古夫人	爱尔兰	《民国日报·妇女评论》
1922年11月10日	翻译	《爸爸和妈妈》	剧本	巴僚斯	智利	《小说月报》
1922年11月10日	翻译	《欧战给匈牙利文学的影响》	文论	B.佐尔奈		《小说月报》
1922年11月10日	翻译	《赤俄的诗坛》	文论	米尔斯基	俄国	《小说月报》
1922年11月10日	翻译	《脑威现代文学》	文论	约翰·博耶尔	挪威	《小说月报》
1922年11月10日	翻译	《巴西文坛最近的新趋势》和译后记	文论	I.戈德堡伊戈尔	美国	《小说月报》
1923年1月1日	编译	《妇女教育运动概略》	论说			
1923年1月5日	翻译	《私奔》	小说	裴多菲	匈牙利	《小说世界》

续 表

初刊时间	参与方式	篇名	体裁	作者	国籍	初次刊登于
1923年1月9日	翻译	《皇帝的衣服》	小说	米克沙特	匈牙利	《小说世界》
1923年1月24日	翻译	《十二个月》	神话		捷克斯洛伐克	《〈鸟兽赛球〉郑振铎编》
1923年2月1日	翻译	《他来了么?》	小说	伐佐夫	保加利亚	《妇女杂志》
1923年2月10日	翻译	《太子的旅行》	戏剧	倍那文德	西班牙	《小说月报》
1923年4月	翻译	合作翻译《文学艺术大纲》	文论			
1923年4月10日	翻译	《南斯拉夫的近代文学》	文论	米利沃伊·S.斯塔诺耶维奇		《小说月报》
1923年4月10日	翻译	《奥国的现代文学》	文论	约翰·E.雅可比		《小说月报》
1923年5月10日	翻译	《现代的希伯莱诗》	文论	约瑟夫·T.希普利		《小说月报》
1923年5月10日	翻译	《最后一掷》	小说	阿塞凡度	巴西	《小说月报》
1923年5月15日	翻译	《南斯拉夫民间恋歌四首（离别、新妹丽花、织女、幽会）》	诗歌			《诗》
1923年6月10日	翻译	《葡萄牙的近代文学》	文论	A.贝尔		《小说月报》
1923年9月3日	翻译	《圣的愚者》	寓言	纪伯伦	阿拉伯	《文学》
1923年9月10日	翻译	《歧路》	诗歌	泰戈尔	印度	《小说月报》
1923年9月24日	翻译	《乌克兰的结婚歌》	诗歌			《文学》
1923年11月10日	翻译	《巨敌》	小说	高尔基	苏联	《中国青年》

附录一 茅盾译文篇目和相关附记

续 表

初刊时间	参与方式	篇名	体裁	作者	国籍	初次刊登于
1923年11月12日	翻译	《俄国文学与革命》	文论	奥内尔		《文学》
1923年12月	翻译	《家庭与婚姻》	论说	考伦特	俄国	《东方文库》
1924年2月1日	翻译	《南美的妇女运动》	论说	甲德夫人	美国	《妇女杂志》
1924年9月29日	翻译	《复归故乡》	小说	拉兹古	匈牙利	《文学》
1924年9月—1925年1月	翻译	《希腊神话》：普洛米修士偷火的故事、何以这世界上有烦恼、迷达斯的长耳朵、洪水、春的复归、番私和太阳神的车子、卡特牟司和毒龙、勃莱洛封和他的神马、骄傲的阿拉克纳怎样被罚、耶松与金羊毛				《儿童世界》
1925年4月27日	翻译	《玛鲁森珈的婚礼》	诗歌			《文学》
1925年5月24日	翻译	《花冠》	诗歌		乌克兰	《文学周报》
1925年5月	翻译	《倍那文德戏曲集》	剧本	培那文德	西班牙	茅盾与张闻天合译
1925年6月10日	翻译	《马额的羽饰》	剧本	莫奈尔	匈牙利	《小说月报》
1925年8月9日	翻译	《〈乌克兰结婚歌〉二首》	诗歌			《文学周报》
1925年8月16日	翻译	《文艺的新生命》《安徒生论》中的一节	文论	勃兰兑斯	丹麦	《文学周报》

续　表

初刊时间	参与方式	篇名	体裁	作者	国籍	初次刊登于
1925年10月18日	节译	《关于"烈夫"的》和译后记	文论	罗皮纳		《文学周报》
1925年11月15日	翻译	《古代埃及人《幻异记》和译者前言	散文		德国	《文学周报》
1925年11月29日	翻译	《古代埃及人《幻异记》(续)》	散文		德国	《文学周报》
1925年12月13日	翻译	《恋爱——一个恋人的日记和译后记》		维特	丹麦	《文学周报》
1925年	编译	《丹麦文学一脔》《芬兰文学一脔》《阿富汗的恋歌》《新犹太文学一脔》《新犹太小说集》				《小说月报》
1926年3月10日	翻译	《首领的威信》	小说	巴列因克兰	西班牙	《小说月报》
1926年7月18日	翻译	《老牛》	小说	埃林·彼林	保加利亚	《文学周报》
1927年7月26日	翻译	《他们的儿子》	中篇小说	柴玛萨斯	西班牙	《小说月报》
1928年6月24日	翻译	《一个人的死》	小说	帕拉玛兹	希腊	《小说月报》
1929年11月	翻译	《论嫉妒》	论说	Radjabnia		《新女性》
1930年1月1日	翻译	《公道》	论说	FPi Arsuaga	西班牙	《中学生》
1930年7月1日	翻译	《文凭》	中篇小说	丹青科	苏联	《妇女杂志》
1931年1月1日	翻译	《雷哀·锡耳维埃》	小说	勃留梭夫	苏联	《妇女杂志》

附录一 茅盾译文篇目和相关附记

续 表

初刊时间	参与方式	篇名	体裁	作者	国籍	初次刊登于
1933年12月	编译	《希腊神话（十篇）》	神话			
1934年3月1日	翻译	《改变》	小说	菩提巴喀	荷兰	《文学》
1934年3月	编译	《百货商店》	小说	左拉	法国	
1934年5月1日	翻译	《耶稣和强盗》	小说	泰特马耶尔	波兰	《文学·弱小民族文学专号》
1934年5月1日	翻译	《催命太岁》	小说	阿尔布哈尔	秘鲁	《文学·弱小民族文学专号》
1934年5月1日	翻译	《门的内哥罗之寡妇》	小说	克伐特儿	斯洛文尼亚	《文学·弱小民族文学专号》
1934年5月1日	翻译	《春》	小说	萨多维亚努	罗马尼亚	《文学·弱小民族文学专号》
1934年5月1日	翻译	《在公安局》	小说	克尔尼克	克罗地亚	《文学·弱小民族文学专号》
1934年5月1日	翻译	《桃园》	小说	哈理德	土耳其	《文学·弱小民族文学专号》
1934年9月16日	翻译	《普式庚是我辈中间的一个》	文论	耳尼克斯德	苏联	《译文》
1934年9月16日	翻译	《皇帝的衣服》	小说	米克沙特	匈牙利	《译文》
1934年9月16日	翻译	《教父》	小说	德罗西尼斯	希腊	《译文》
1934年9月16日	翻译	《怎样排演古典剧和译后记》	文论	泰洛夫	苏联	《译文》

续　表

初刊时间	参与方式	篇名	体裁	作者	国籍	初次刊登于
1934年9月16日	翻译	《关于肖伯纳》	文论	卢那卡尔斯基	苏联	《译文》
1934年11月16日	翻译	《娜拉》	小说	药里斯基	克罗地亚	《译文》
1934年12月16日	翻译	《安琪吕枷》	小说	A. 蔼夫达利哇谛斯	希腊	《译文》
1934年12月17日	翻译	《荷兰现代文学》	文论	丁·哈德铁	荷兰	《译文》
1935年1月1日	翻译	《雪球花》	小说	安徒生	丹麦	《文学》
1935年1月3日	翻译	《跳舞会》和译后记	小说	育珂·摩尔	匈牙利	《文学》
1935年1月16日	翻译	《两个教堂》和译后记	小说	N. 奥斯列曹维支	克罗地亚	《译文》
1935年2月16日	翻译	《莱蒙托夫》	文论	D. 勃拉梁夷	苏联	《译文》
1935年5月20日	翻译	《我的回忆》和译后记	散文	比昂逊	挪威	《世界文库》
1935年6月20日	翻译	《游美杂记》和后记	散文	显克微支	波兰	《世界文库》
1935年7月20日	翻译	《英吉林片段》	散文	海涅	德国	《世界文库》
1935年8月16日	翻译	《最后的一张叶子》	小说	欧·亨利	美国	《译文》
1935年8月16日	翻译	《凯尔凯勃》	小说	E. 吕梅司	阿尔及耳	《世界知识》
1935年8月20日	翻译	《集外书简》	散文	易卜生	挪威	《世界文库》
1935年9月20日	翻译	《蜜蜂的发怒及其他》	散文	梅特林克	比利时	《世界文库》
1935年10月20日	翻译	《忆契诃夫》和前记	散文	蒲宁	俄国	《世界文库》

附录一 茅盾译文篇目和相关附记

续 表

初刊时间	参与方式	篇名	体裁	作者	国籍	初次刊登于
1935年11月20日	翻译	《拟情书（一）》和前记	书信	奥维德	罗马尼亚	《世界文库》
1935年11月	翻译结集	《桃园》和前记		哈理德 等	土耳其	《桃园》
1936年1月	翻译	《拟情书（二）》附题解	书信	奥维德	罗马尼亚	《世界文库》
1936年1月	翻译	《做贼出身的作家阿乌登珂》	文论	外村史朗		《海燕》
1936年2月	翻译	《拟情书（三）》附题解	书信	奥维德	罗马尼亚	《世界文库》
1936年3月16日	翻译	《世界的一天》	报告文学	M. 柯尔曹夫	苏联	《译文》
1936年3月	翻译	《散文的"喜剧的史诗"》和前记	文论	菲尔定	英国	《世界文库》
1936年4月	翻译	《凯绥·珂勒惠支——民众的艺术家》	文论	史沫特莱		《凯绥·珂勒惠支版画选集》
1936年7月	翻译	《回忆·书简·杂记》	译文集	别尔生等		
1936年9月16日	翻译	《红巾》	小说	爱特堡	苏联	《译文》
1936年	翻译	《现代翻译小说选》				
1937年2月16日	翻译	《十二月党人的诗》	文论	V. 李信窦夫·波尔耶斯基	苏联	《译文》
1937年4月16日	翻译	《给罗斯福总统的信》	散文	J. L. 斯比伐克	美国	《译文》
1937年6月16日	翻译	《菌生在厂房里》	散文	J. 牟伦	美国	《译文》

169

续　表

初刊时间	参与方式	篇名	体裁	作者	国籍	初次刊登于
1939 年 11 月	翻译	《民族问题解决了》	政论	阿斯拉诺伐	苏联	《反帝战线》
1943 年 4 月 15 日	翻译	《共同的语言》	小说	西蒙诺夫	苏联	《国讯》
1943 年	翻译	《汉译世界名著》				
1943 年 6 月 15 日	翻译	《亚尔方斯·肖尔的军功》	小说	E. 彼得罗夫	苏联	《国讯》
1943 年 6 月	翻译	《审问》及其他	小说	E. 彼得罗夫	苏联	《申原》
1943 年 6 月	翻译	《复仇的火焰》	小说	巴甫林科	苏联	
1943 年 9 月	翻译	《上尉什哈夫降科夫》	小说	V. 考兹夫尼可夫	苏联	《文阵新辑》
1943 年 9 月 5 日	翻译	《苹果树》和译者前言	小说	N. 吉洪诺夫	苏联	《文哨》
1943 年 10 月 1 日	翻译	《他的意中人》	小说	苏呵莱夫	苏联	《文艺杂志》
1943 年 11 月 1 日	翻译	《母亲》和后记	小说	吉洪诺夫	苏联	《中外春秋》
1944 年 1 月	翻译	《作战前的晚上》	小说	A. 杜甫仁科	苏联	《中苏文化》
1944 年 3 月	翻译	《我们的落手越来越重了》和后记	小说	F. 潘菲洛夫	苏联	《天下文章》
1944 年 7 月 15 日	翻译	《晚上》和附记	小说	格罗斯曼	苏联	《时与潮文艺》
1944 年 10 月 10 日	翻译	《新生命的降生》和译后记	小说	吉洪诺夫	苏联	
1945 年 1 月	翻译	《蓝围巾》	小说	索勃列夫	苏联	
1945 年 4 月 14 日	翻译	《刽子手的卑劣》	散文	托尔斯泰	苏联	《大公晚报·小公园》

附录一 茅盾译文篇目和相关附记

续　表

初刊时间	参与方式	篇名	体裁	作者	国籍	初次刊登于
1945年6月18日	翻译	《流浪生涯——高尔基生活之一页》		罗金斯	苏联	《新华日报》
1945年6月	翻译	《高尔基》	传记			
1945年6月	翻译	《人民是不朽的》	小说	格罗斯曼	苏联	
1946年4月	翻译	《团的儿子》	小说	卡达耶夫	苏联	《大刚报》
1946年9月	翻译	《吉克尔大夫和海德先生》		史提芬生	英国	《给李霁野》
1946年10月	翻译	《团的儿子》	儿童文学	卡泰耶夫	苏联	
1946年10月	翻译	《苏联爱国战争短篇小说译丛》				上海永祥印书馆出版
1946年11月	翻译	《蓝围巾》	小说	索柏列夫	苏联	
1947年5月1日	翻译	《这女人是谁》	小说	契诃夫	俄国	《大家》
1947年9月	翻译	《俄罗斯问题》	剧本	西蒙诺夫	苏联	
1948年8月1日	翻译	《蜡烛》	小说	西蒙诺夫	苏联	《小说》

* 附录一中的国家名称，均按作者所查阅的资料中的说法为准。部分国家名称与现行不一致，如"捷克波西米亚"应指"捷克"，"阿美尼亚"应为"亚美尼亚"等。编注。

附录二　茅盾有关翻译的论述文章

时间	初刊	题目
1919 年 9 月 18 日	《时事新报·学灯》	《〈他的仆〉译后记》
1919 年 10 月 25 日	《时事新报·学灯》	《〈情人〉前言》
1919 年 12 月 25 日	《小说月报》第 10 卷第 12 号	《"小说新潮"栏预告》
1920 年 1 月 1 日	《时事新报·学灯》	《我对于介绍西洋文学的意见》
1920 年 1 月 10 日	《东方杂志》第 17 卷第 1 号	《现在文学家的责任是什么？》
1920 年 1 月 25 日	《小说月报》第 11 卷第 1 号	《"小说新潮"栏宣言》
1920 年 2 月 4 日	《时事新报·学灯》	《对于系统的经济的介绍西洋文学底的意见》
1920 年 2 月 25 日	《小说月报》第 11 卷第 2 号	《我们现在可以提倡表象主义的文学么？》
1920 年 4 月 25 日	《小说月报》第 11 卷第 4 号	《答黄君厚生——读〈小说新潮宣言〉的感想》
1920 年 8 月 5 日	《学生杂志》第 7 卷第 8 号	《艺术的人生观》
1920 年 9 月 10 日	《东方杂志》第 17 卷第 17 号	《〈市虎〉前记》
1920 年 9 月 15 日	《改造》第 3 卷第 1 号	《为新文学研究者进一解》
1920 年 9 月 25 日	《东方杂志》第 17 卷第 18 号	《〈欧美新文学最近之趋势〉书后》
1921 年 1 月 10 日	《小说月报》第 12 卷第 1 号	《〈小说月报〉改革宣言》
1921 年 2 月 5 日	《学生杂志》第 8 卷第 2 号	《近代英美文坛的一个明星——虎尔思》
1921 年 2 月 10 日	《小说月报》第 12 卷第 2 号	《新文学研究者的责任与努力》
1921 年 2 月 10 日	《小说月报》第 12 卷第 2 号	《翻译文学书的讨论》

续　表

时间	初刊	题目
1921年3月10日	《小说月报》第12卷第3号	《西班牙写实文学的代表者伊本讷兹》
1921年3月10日	《小说月报》第12卷第3号	《〈一个英雄的死〉译后注》
1921年4月10日	《小说月报》第12卷第4号	《译文学书方法的讨论》
1921年7月10日	《小说月报》第12卷第7号	《〈禁食节〉译后记》
1921年7月10日	《小说月报》第12卷第7号	《社会背景与创作》
1921年7月10日	《小说月报》第12卷第7号	《创作的前途》
1921年7月10日	《时事新报·文学旬刊》第7期	《"语体文欧化"答冻花君》
1921年8月10日	《小说月报》第12卷第8号	《〈美尼〉附记》
1921年10月9日	《民国日报·觉悟》	《〈对于介绍外国文学的我见〉底我的批评》
1921年10月10日	《小说月报》第12卷第10号	《〈被损害民族的文学号〉引言》
1921年10月10日	《小说月报》第12卷第10号	《新犹太文学概观》
1921年11月10日	《小说月报》第12卷第11号	《〈女王玛勃的面网〉附识》
1921年12月10日	《小说月报》第12卷第12号	《一年来的感想与明年的计划》
1922年1月10日	《小说月报》第13卷第1号	《〈永久〉〈季候鸟〉〈辞别我的七弦竖琴〉译后记》
1922年2月10日	《小说月报》第13卷第2号	《文学作品有主义与无主义的讨论——复周赞襄》
1922年6月10日	《小说月报》第13卷第6号	《〈王错鸣和谢六逸的通信〉附志》
1922年6月11日	《时事新报·文学旬刊》第40期	《读〈小说月报〉第十三卷第六号》
1922年7月1日	《时事新报·文学旬刊》第42期	《最近的出产——〈戏剧〉第四号》
1922年7月10日	《小说月报》第13卷第7号	《〈盛筵〉译者附记》

附录二　茅盾有关翻译的论述文章

续　表

时间	初刊	题目
1922年7月10日	《小说月报》第13卷第7号	《自然主义与中国现代小说》
1922年8月1日	《时事新报·文学旬刊》第45期	《介绍外国文学的目的——兼答郭沫若君》
1922年8月10日	《小说月报》第13卷第8号	《〈路意斯〉译者记》
1922年8月10日	《小说月报》第13卷第8号	《"直译"与"死译"》
1922年10月10日	《时事新报·文学旬刊》第52期	《译诗的一些意见》
1922年11月19日	《民国日报·觉悟》	《介绍西洋文艺思潮的重要》
1921年9月—1922年12月	《小说月报》第12卷第9号至第13卷第12号	《最后一页》
1923年2月1日	《时事新报·文学旬刊》第63期	《对于文艺上新说应取的态度》
1923年2月10日	《小说月报》第14卷第2号	《标准译名问题》
1923年11月5日	《时事新报·学灯》	《郑以〈灰色马〉序》
1925年12月13日	《文学周报》第204期	《〈恋爱——一个恋人的日记〉译后记》
1926年3月10日	《小说月报》第17卷第3号	《〈首领的威信〉译后记》
1927年11月6日	《文学周报》第5卷第14期	《看了〈真善美〉创刊号以后》
1928年5月	《雪人》	《〈雪人〉自序》
1928年6月10日	《小说月报》第19卷第6号	《帕拉玛兹评传》
1932年9月1日	《现代出版界》1932年第4期	《谈谈翻译——〈文凭〉译后记》
1933年5月11日	《申报·自由谈》	《"给他们看什么好呢?"》
1933年7月31日	《文学杂志》第3、4期合刊	《"杂志办人"》
1934年3月1日	《文学》第2卷第3号	《郭译〈战争与和平〉》
1934年3月1日	《文学》第2卷第3号	《伍译的〈侠隐记〉和〈浮华世界〉》

续　表

时间	初刊	题目
1934年3月1日	《文学》第2卷第3号	《又一篇账单》
1934年3月1日	《文学》第2卷第3号	《"媒婆"与"处女"》
1934年3月1日	《文学》第2卷第3号	《直译·顺译·歪译》
1934年5月1日	《文学》第2卷第5号	《〈催命太岁〉译前记》
1934年8月1日	《文学》第3卷第2号	《翻译的直接与间接》
1934年8月1日	《文学》第3卷第2号	《关于〈土敏土〉》
1934年8月1日	《文学》第3卷第2号	《小市民文艺读物的歧路》
1934年9月1日	《文学》第3卷第3号	《两本新刊的文艺杂志》
1935年2月1日	《文学》第4卷第2号	《关于"儿童文学"》
1935年2月1日	《文学》第4卷第2号	《对于"翻译年"的希望》
1935年3月1日	《文学》第4卷第3号	《几本儿童杂志》
1935年3月1日	《文学》第4卷第3号	《"翻译"和"批评"翻译》
1935年9月1日	《文学》第5卷第3号	《读〈小妇人〉——对于翻译方法的商榷》
1935年11月	《桃园》	《〈桃园〉前记》
1937年1月16日	《译文》第2卷第5期	《〈简爱〉的两个译本——对于翻译方法的研究》（原题为《〈真亚耳〉的两个译本》）
1937年4月16日	《译文》新3卷第3期	《〈给罗斯福总统的信〉译后记》
1945年5月4日	《文哨》第1卷第1期	《近年来介绍的外国文学》
1946年6月15日	《时代》周刊第6年第23期	《高尔基和中国文坛》
1946年10月15日	《文艺春秋》第3卷第4期	《谈苏联战时文艺作品——〈苏联爱国战争短篇小说译丛〉后记》

附录二 茅盾有关翻译的论述文章

续 表

时间	初刊	题目
1953年7月1日	《译文》创刊号	《〈译文〉发刊词》
1954年10月1日	《译文》10月号	《为发展文学翻译事业和提高翻译质量而奋斗——一九五四年八月十九日在全国文学翻译工作会议上的报告》
1957年8月	《译文》8月号	《〈译文〉亚洲文学专号前言》
1977年10月	1977年10月《世界文学》第1期	《学习鲁迅翻译介绍外国文学的精神》(原题为《向鲁迅学习》)
1979年9月	1979年9月《外国文学评论》第一辑	《为介绍及研究外国文学进一解》
1979年11月20日	《人民文学》第11期	《解放思想,发扬文艺民主——在中国文学艺术工作者第四次代表大会及中国作家协会第三次会员代表大会上的讲话》
1980年2月	《外国戏剧》	《外国戏剧在中国》
1980年2月	《茅盾文艺评论集》	《〈茅盾译文选集〉序》

图书在版编目(CIP)数据

茅盾外国文学译介研究 / 陈竞宇著. — 上海：上海社会科学院出版社，2024
 ISBN 978-7-5520-4407-2

Ⅰ.①茅… Ⅱ.①陈… Ⅲ.①茅盾(1896-1981)—外国文学—文学翻译—研究 Ⅳ.①I046

中国国家版本馆 CIP 数据核字(2024)第 107873 号

茅盾外国文学译介研究

著　　者：陈竞宇
责任编辑：叶　子
封面设计：黄婧昉
出版发行：上海社会科学院出版社
　　　　　上海顺昌路 622 号　邮编 200025
　　　　　电话总机 021-63315947　销售热线 021-53063735
　　　　　https://cbs.sass.org.cn　E-mail：sassp@sassp.cn
排　　版：南京展望文化发展有限公司
印　　刷：上海盛通时代印刷有限公司
开　　本：710 毫米×1010 毫米　1/16
印　　张：11.75
插　　页：1
字　　数：155 千
版　　次：2024 年 7 月第 1 版　2024 年 7 月第 1 次印刷

ISBN 978-7-5520-4407-2/I·532　　　　　定价：82.00 元

版权所有　翻印必究